AKIRA ICHIKAWA COLLECTION NO.1

Johann Wolfgang von Goethe, gemalt 1828 von Joseph Karl Stieler

Johann Wolfgang von Goethe

# IPHIGENIE AUF TAURIS

(1787)

Übersetzung

Akira Ichikawa

MATSUMOTOKOBO Ltd.

AKIRA ICHIKAWA COLLECTION NO. 1

Iphigenie auf Tauris

1 Auflage: 31. Januar 2017

Übersetzungsserie von Akira Ichikawa

Der Originaltext dieser Übersetzung: *Iphigenie auf Tauris.*
In: *Goethes Werke Band V*,
Christian Wegner Verlag,
Hamburg 1952 [1955, 2. Auflage].

Buchausstattung, Satz und Publikation:
Hisaki Matsumoto (MATSUMOTOKOBO Ltd.)
Gajoen Heights (Zimmer) 1010, 12-11 Amijima-cho, Miyakojima-ku,
Osaka 5340026, Japan
Telefon: +81-(0)6-6356-7701, Faksimile: +81-(0)6-6356-7702,
http://matsumotokobo.com

Herausgabe: Sayaka Ono
Druck und Bindung: Shinano Book Printing Co., Ltd.



Printed in Japan, ISBN978-4-944055-87-6 C0074

ヨハン・ヴォルフガング・フォン・ゲーテ

# タウリス島のイフィゲーニエ

市川　明　訳

松本工房

Inhalt

Iphigenie auf Tauris *11*

Endnoten *306*

Kommentar *317*

目次

タウリス島のイフィゲーニエ　11
註釈　306
解題　317

# 凡例

本書は、J. W. von Goehte: *Iphigenie auf Tauris*. In: *Goethes Werke Band V*, Christian Wegner Verlag, Hamburg 1952［1955, 2. Auflage］を底本とし、新訳と註釈を施したものである。原文の韻律を玩味し、あるいは本作の日独比較研究を試みる読者・研究者の便を図り、本書では以下の点に留意した。

一、偶数頁にはドイツ語原文を底本に即して附し、奇数頁に日本語訳を配した。

一、原文および翻訳には、十行ごとに行数番号を振った。ドイツ語・日本語の文法構造の相違から、数行をひとつの意味のまとまりとして翻訳しているため、同一の行数番号や改頁箇所においても、一部語句や意味が前後している場合がある。

一、日本語訳への註釈は、訳者による。なお、底本による原文への註釈は省いた。

一、本作品には、身体的・精神的資質、職業・身分などに関して、現在では不適切と思われる表現があるが、作品の時代背景や状況設定などを考慮し、できるだけ原文に近い訳語を使用した。

一、人名、地名など固有名詞の日本語表記は、登場人物についてはドイツ語読みとし、その他についてはもっとも一般的と思われる表記を選んだ。

# タウリス島のイフィゲーニエ

（1787）

5幕20場

*Personen*

Iphigenie
Thoas, König der Taurier
Orest
Pylades
Arkas

Schauplatz: Hain vor Dianens Tempel.

## 登場人物

イフィゲーニエ[†1]
トーアス（タウリス人[†2]の国の王）
オレスト
ピュラデス
アルカス[†3]

## 場所

女神ディアーナ[†4]を祀《まつ》る神殿の前の森[†5]

# ERSTER AUFZUG

## ERSTER AUFTRITT

IPHIGENIE. Heraus in eure Schatten, rege Wipfel
Des alten, heil'gen, dichtbelaubten Haines,
Wie in der Göttin stilles Heiligtum,
Tret' ich noch jetzt mit schauderndem Gefühl,
Als wenn ich sie zum erstenmal beträte,
Und es gewöhnt sich nicht mein Geist hierher.
So manches Jahr bewahrt mich hier verborgen
Ein hoher Wille, dem ich mich ergebe;
Doch immer bin ich, wie im ersten, fremd.
Denn ach! mich trennt das Meer von den Geliebten,
Und an dem Ufer steh' ich lange Tage,

# 第一幕

## 第一場

イフィゲーニエ　樹木《きぎ》が生い茂る、古く神聖な森の
揺れ動くこずえよ、おまえたちの影の中へ
わたしは今もまだおののきながら足を踏み入れます。
女神さまの静かな社《やしろ》に入るときのように。
この森が初めてであるかのごとく
心が落ち着かないのです。
長年にわたって、わたしをここにかくまってくださったのは
女神さまの尊いご意志。その御心にわたしは身も心も捧げています。
けれどわたしはここに来たときからずっと異邦人なのです。
ああ、この海がわたしを、愛する人々から隔てている。
来る日も来る日も、祖国ギリシアに恋焦がれながら

Das Land der Griechen mit der Seele suchend;
Und gegen meine Seufzer bringt die Welle
Nur dumpfe Töne brausend mir herüber.
Weh dem, der fern von Eltern und Geschwistern
Ein einsam Leben führt! Ihm zehrt der Gram
Das nächste Glück vor seinen Lippen weg,
Ihm schwärmen abwärts immer die Gedanken
Nach seines Vaters Hallen, wo die Sonne
Zuerst den Himmel vor ihm aufschloß, wo
Sich Mitgeborne spielend fest und fester
Mit sanften Banden an einander knüpften.
Ich rechte mit den Göttern nicht; allein
Der Frauen Zustand ist beklagenswert.
Zu Haus und in dem Kriege herrscht der Mann,
Und in der Fremde weiß er sich zu helfen.
Ihn freuet der Besitz; ihn krönt der Sieg!

わたしは海辺に立ちつくしています。
わたしのため息に応えるのは
砕け散る鈍い波の音ばかり。
哀れなのは親きょうだいから遠く離れて、
一人寂しく暮らす異邦人！　悲痛で身もやせ細り
来《きた》るべき幸せもはかなく消え去ってしまいます。
いつも思いをはせるのは
祖国のわが家。そこではじめて
わたしは陽の光を仰ぎ見ました。そこでは
きょうだいたちが遊び戯れ、優しい絆で
強く固く結ばれていました。
わたしは神々と言い争うつもりはありません。ただ
女の身の上は本当に哀れです。
家でも戦場でも支配しているのは男。
異国にあっても男ならば何とかやってゆけます。
所有する喜びを味わえるのも男、勝利の栄冠を与えられるのも男。

Ein ehrenvoller Tod ist ihm bereitet.
Wie eng-gebunden ist des Weibes Glück!
Schon einem rauhen Gatten zu gehorchen,
Ist Pflicht und Trost; wie elend, wenn sie gar
Ein feindlich Schicksal in die Ferne treibt!
So hält mich Thoas hier, ein edler Mann,
In ernsten, heil'gen Sklavenbanden fest.
O wie beschämt gesteh' ich, daß ich dir
Mit stillem Widerwillen diene, Göttin,
Dir, meiner Retterin! Mein Leben sollte
Zu freiem Dienste dir gewidmet sein.
Auch hab' ich stets auf dich gehofft und hoffe
Noch jetzt auf dich, Diana, die du mich,
Des größten Königes verstoßne Tochter,
In deinen heil'gen, sanften Arm genommen.
Ja, Tochter Zeus', wenn du den hohen Mann,

名誉に満ちた死も男には用意されています。
それに比べて女の幸福は何と限られたものでしょう！
粗暴な夫にかしずくこと、それさえが
女の義務であり、慰めなのです。もし女が
運命のいたずらで異国へ流されたなら、何と哀れなことでしょう！
気高いトーアス王はわたしをこの異国に
固くつなぎとめています。厳しく神聖な奴隷の枷《かせ》で。
ああ、どんなに恥ずかしい思いで打ち明けていることか！
女神ディアーナさま、わたしは生命《いのち》の恩人であるあなたに
ひそかな反感を抱きながらお仕えしているのです。
わたしの生命はすすんであなたに捧げられるべきものです。
本当にわたしはずっとあなたにおすがりしてきましたし、
今だってやはりそうです、ディアーナさま。
この世でもっとも偉大な王から追放された王女のわたしを
あなたは神聖な優しい腕で受け止めてくださったのですから。
そうです、ゼウスの娘ディアーナさま、あなたはあの高貴な男に

Den du, die Tochter fordernd, ängstigtest,
Wenn du den göttergleichen Agamemnon,
Der dir sein Liebstes zum Altare brachte,
Von Trojas umgewandten Mauern rühmlich
Nach seinem Vaterland zurückbegleitet,
Die Gattin ihm, Elektren und den Sohn,
Die schönen Schätze, wohl erhalten hast:
So gib auch mich den Meinen endlich wieder,
Und rette mich, die du vom Tod errettet,
Auch von dem Leben hier, dem zweiten Tode!

## ZWEITER AUFTRITT

Iphigenie. Arkas.

ARKAS. Der König sendet mich hierher und beut

娘のわたしを捧げるよう迫られたのです。
神々にも等しいわが父アガメムノンは
最愛の娘をあなたの祭壇に捧げました。
そしてあなたは父を、トロイア征伐ののちに
祖国に凱旋させたのです。
そのうえ、父のためにその妻とエレクトラと息子を、[†6]
大切な人たちを無事に守ってくださったのです。
もしそうなら、どうかこのわたしも祖国の家族のもとにお返しください。
あなたはわたしを死から救い出してくださいました。
どうか第二の死ともいうべきこの地の生活からもわたしをお救いください！

## 第二場

イフィゲーニエとアルカス

アルカス　トーアス王からの使いでここに参りました。

Der Priesterin Dianens Gruß und Heil.
Dies ist der Tag, da Tauris seiner Göttin
Für wunderbare neue Siege dankt.
Ich eile vor dem König und dem Heer,
Zu melden, daß er kommt und daß es naht.
IPHIGENIE. Wir sind bereit, sie würdig zu empfangen,
Und unsre Göttin sieht willkommnem Opfer
Von Thoas' Hand mit Gnadenblick entgegen.
ARKAS. O fänd' ich auch den Blick der Priesterin,
Der werten, vielgeehrten, deinen Blick,
O heil'ge Jungfrau, heller, leuchtender,
Uns allen gutes Zeichen! Noch bedeckt
Der Gram geheimnisvoll dein Innerstes;
Vergebens harren wir schon jahrelang
Auf ein vertraulich Wort aus deiner Brust.
Solang' ich dich an dieser Stätte kenne,

ディアーナの巫女であるあなたによろしくとのことです。
今日はタウリス島の住民が、女神に
このたびの大勝利の感謝を捧げる日です。
私は王と軍隊に先んじて急ぎ参上しました。
王はまもなく到着し、軍隊もこちらに向かっています。

イフィゲーニエ　わたしども一同、皆さまを恭しくお迎えする用意はできております。
女神さまはトーアス王手ずからの素晴らしい捧げ物を
慈悲深いまなざしで待ち受けておられます。

アルカス　ああ、巫女殿のまなざしが、
神聖な乙女よ、皆から慕われ、敬われているあなたのまなざしが
もっと晴れやかで、もっと輝いてくれればよいのですが。
それこそ皆にとってよい兆《きざ》しなのです！　ところがまだ
悲しみがあなたの心の奥底を秘密に満ちて包んでいます。
私どもはもう何年も、あなたの心からの
打ち解けた言葉をむなしく待ち続けました。
ここであなたとお近づきになってから

Ist dies der Blick, vor dem ich immer schaudre;
Und wie mit Eisenbanden bleibt die Seele
Ins Innerste des Busens dir geschmiedet.
IPHIGENIE. Wie's der Vertriebnen, der Verwaisten ziemt.
ARKAS. Scheinst du dir hier vertrieben und verwaist?
IPHIGENIE. Kann uns zum Vaterland die Fremde werden?
ARKAS. Und dir ist fremd das Vaterland geworden.
IPHIGENIE. Das ist's, warum mein blutend Herz nicht heilt.
In erster Jugend, da sich kaum die Seele
An Vater, Mutter und Geschwister band,
Die neuen Schößlinge, gesellt und lieblich,
Vom Fuß der alten Stämme himmelwärts
Zu dringen strebten, leider faßte da
Ein fremder Fluch mich an und trennte mich
Von den Geliebten, riß das schöne Band
Mit ehrner Faust entzwei. Sie war dahin,

私がいつもおののくのはあなたのまなざしです。
まるで鉄の鎖でつながれたかのように
あなたの心は胸の奥底に縛りつけられたままです。

イフィゲーニエ　それこそ国を追われ、親を失った女の常でしょう。

アルカス　あなたはここで国を追われ、親を失ったようにお感じですか？

イフィゲーニエ　わたしたちには異国が祖国になりえましょうか？

アルカス　でもあなたには祖国が異国になってしまったのです。

イフィゲーニエ　だからこそわたしの傷ついた心はいつまでも癒えません。
まだほんの幼いころの出来事でした。
ようやく父や母、きょうだいと心が結ばれ
新芽のようなわたしたちが仲良く愛らしく
古い家系の幹の根元から、空に向かって
伸びようとしていた矢先でした。
残念なことに見知らぬ呪いがわたしをとらえ
愛する者たちから引き離し、美しい絆を
鉄の拳で断ち切ってしまったのです。

Der Jugend beste Freude, das Gedeihn
Der ersten Jahre. Selbst gerettet, war
Ich nur ein Schatten mir, und frische Lust
Des Lebens blüht in mir nicht wieder auf.

ARKAS. Wenn du dich so unglücklich nennen willst,
So darf ich dich auch wohl undankbar nennen.

IPHIGENIE. Dank habt ihr stets.

ARKAS. Doch nicht den reinen Dank,
Um dessentwillen man die Wohltat tut;
Den frohen Blick, der ein zufriednes Leben
Und ein geneigtes Herz dem Wirte zeigt.
Als dich ein tief geheimnisvolles Schicksal
Vor so viel Jahren diesem Tempel brachte,
Kam Thoas, dir als einer Gottgegebnen
Mit Ehrfurcht und mit Neigung zu begegnen,
Und dieses Ufer ward dir hold und freundlich,

青春の最高の喜び、若いころの華やぎは
消え去ってしまいました。生命は救われたとはいえ
わたしはただはかない影にすぎず、人生の新鮮な喜びは
二度とわたしの中で花開こうとはしません。
アルカス　あなたがご自分をそれほどまでに不幸だとお言いになるのなら
私もあなたのことを恩知らずだと申したくなります。
イフィゲーニエ　感謝はいつも捧げております。
アルカス　　　　　　　　　　　　　　でも純粋な感謝ではない。
感謝が純粋なものなら、そこからはおのずと善い行いが生まれ
満ち足りた人生と好意の証である
喜ばしげなまなざしがわが主人《あるじ》に注がれることでしょう。
深く秘密に満ちた運命によって、ずいぶん前に
あなたはこの神殿に連れてこられました。そのとき
トーアス王はあなたを神からの授かりものとして
尊敬と愛でお迎えになられたのです。
それでこの海辺はあなたには和やかで優しいものとなりましたが

Das jedem Fremden sonst voll Grausens war,
Weil niemand unser Reich vor dir betrat,
Der an Dianens heil'gen Stufen nicht
Nach altem Brauch, ein blutig Opfer, fiel.
IPHIGENIE. Frei atmen macht das Leben nicht allein.
Welch Leben ist's, das an der heil'gen Stätte,
Gleich einem Schatten um sein eigen Grab,
Ich nur vertrauern muß? Und nenn' ich das
Ein fröhlich selbstbewußtes Leben, wenn
Uns jeder Tag, vergebens hingeträumt,
Zu jenen grauen Tagen vorbereitet,
Die an dem Ufer Lethes, selbstvergessend,
Die Trauerschar der Abgeschiednen feiert?
Ein unnütz Leben ist ein früher Tod:
Dies Frauenschicksal ist vor allen meins.
ARKAS. Den edlen Stolz, daß du dir selbst nicht gnügest,

それまではどんな異邦人にとっても恐怖に満ちたものでした。
なぜならあなたより前にわが国を訪れた異邦人は皆
古いしきたりに従い、ディアーナの神殿の祭壇に
生け贄《にえ》として捧げられ、命を奪われたからです。
イフィゲーニエ　自由に息ができるだけでは生きていることになりません。
神聖な場所で、自分の墓をうろつく
死者の霊のように、ただ悲しんで過ごさねばならぬ人生なんて
いったい何になるのでしょう？
三途の川のほとりでは死者の群れが
われを忘れて無為に日々を過ごしています。
毎日がむなしく夢見心地に過ぎてゆき、それが
こうした灰色の日々へ行き着く準備に過ぎないとしたら
どうして自覚ある楽しい人生などと呼べましょう？
役に立たない人生は生きながら死んでいるのと同じです。
こうした女の運命が何よりもわたしの運命なのです。
アルカス　自分自身に満足できないあなたの気高い誇り、

Verzeih' ich dir, so sehr ich dich bedaure:
Er raubet den Genuß des Lebens dir.
Du hast hier nichts getan seit deiner Ankunft?
Wer hat des Königs trüben Sinn erheitert?
Wer hat den alten grausamen Gebrauch,
Daß am Altar Dianens jeder Fremde
Sein Leben blutend läßt, von Jahr zu Jahr
Mit sanfter Überredung aufgehalten
Und die Gefangnen vom gewissen Tod
Ins Vaterland so oft zurückgeschickt?
Hat nicht Diane, statt erzürnt zu sein,
Daß sie der blut'gen alten Opfer mangelt,
Dein sanft Gebet in reichem Maß erhört?
Umschwebt mit frohem Fluge nicht der Sieg
Das Heer? und eilt er nicht sogar voraus?
Und fühlt nicht jeglicher ein besser Los,

それを私は許容しますが、とてもお気の毒だと思います。
その誇りこそが人生の喜びを奪い去っているのです。
ここに来てから何もしなかったとおっしゃるのですか？
王の暗い気持ちを明るくしたのは誰なのでしょう？
異邦人は皆、ディアーナの祭壇で
血を流しながら人生を終えるという古くからの残忍なしきたりを
穏やかに王を説得して、年ごとに
阻んできたのは誰なのでしょう？
囚《とらわ》れ人たちを逃れられぬ死から救い出し
何度も祖国に送り返したのは誰なのでしょう？
昔からの血塗られた生け贄がなくなったからといって
女神ディアーナは腹を立てることもなく
あなたの優しいお祈りをたっぷりお聞きになったではありませんか？
勝利は楽しげに飛び回り、[†7]軍隊の周りを漂っていたではありませんか？
それどころか勝利が軍隊の先頭に立っていたのではないでしょうか？
今まで長い間、賢く勇敢に

Seitdem der König, der uns weis' und tapfer
So lang' geführet, nun sich auch der Milde
In deiner Gegenwart erfreut und uns
Des schweigenden Gehorsams Pflicht erleichtert?
Das nennst du unnütz, wenn von deinem Wesen
Auf Tausende herab ein Balsam träufelt?
Wenn du dem Volke, dem ein Gott dich brachte,
Des neuen Glückes ew'ge Quelle wirst
Und an dem unwirtbaren Todesufer
Dem Fremden Heil und Rückkehr zubereitest?
IPHIGENIE. Das wenige verschwindet leicht dem Blick,
Der vorwärts sieht, wie viel noch übrigbleibt.
ARKAS. Doch lobst du den, der, was er tut, nicht schätzt?
IPHIGENIE. Man tadelt den, der seine Taten wägt.
ARKAS. Auch den, der wahren Wert zu stolz nicht achtet,
Wie den, der falschen Wert zu eitel hebt.

われわれを導いてくれた王が
あなたが来てからは柔和さも兼ね備えられるようになりました。
われわれは沈黙の服従という義務から解放されたのです。
誰もがそれ以来、運命の好転を感じているのではないでしょうか？
あなたから何千人もの人びとの頭上に
恵みの香油が滴り落ちるのをあなたは無益と呼ぶのでしょうか？
ディアーナによってあなたがそのもとに連れてこられた国民に
あなたは新しい幸せの永遠の泉となってやりました。
異邦人は必ず殺される荒涼としたこの海辺で
彼らの生命を救い、祖国へ帰還させたことをやはり無益と呼ぶのでしょうか？

イフィゲーニエ　この先多くのことが残されていると感じる者の眼には
そんなわずかなことはすぐに消えてしまうのです。

アルカス　しかし自分の為すことを評価しない人をあなたはほめるのですか？

イフィゲーニエ　自分の為すことを自慢する人は非難されます。

アルカス　気位が高すぎて本当の価値を尊重しない人も、虚栄心が強すぎて
間違った価値をむなしく持ち上げる人も、同じように非難されます。

Glaub' mir und hör' auf eines Mannes Wort,
Der treu und redlich dir ergeben ist:
Wenn heut' der König mit dir redet, so
Erleichtr' ihm, was er dir zu sagen denkt.

IPHIGENIE. Du ängstest mich mit jedem guten Worte:
Oft wich ich seinem Antrag mühsam aus.

ARKAS. Bedenke, was du tust und was dir nützt.
Seitdem der König seinen Sohn verloren,
Vertraut er wenigen der Seinen mehr,
Und diesen wenigen nicht mehr wie sonst.
Mißgünstig sieht er jedes Edlen Sohn
Als seines Reiches Folger an, er fürchtet
Ein einsam hülflos Alter, ja vielleicht
Verwegnen Aufstand und frühzeit'gen Tod.
Der Skythe setzt ins Reden keinen Vorzug,
Am wenigsten der König. Er, der nur

私を信じてください。そして尊敬と信頼からあなたに心服する
男の言葉に耳を傾けてください。
今日、王とお話になるのなら
王が本心を語りやすいようにしてあげてください。

イフィゲーニエ　あなたの温かいお言葉の一つ一つがわたしを不安にさせます。
わたしは王さまの申し出を何とか避けてまいりました。

アルカス　どう振る舞うべきか、何があなたのためになるかよく考えてください。
ご子息を失われてからというもの王は
わずかな家来しか信頼せず
信頼を寄せるわずかな人でさえ、かつてほど信頼されてはいません。
どんな貴族のご令息を見てもねたましく思い
自分の国を継がせる気分にはなれないのです。王は
寂しく寄るべない老年を恐れておられます。もしかすると
向こう見ずな反乱や、ご自分の早すぎる死さえ案じておられるのかもしれません。
スキタイ人[†8]は弁舌は巧みではありません。
とりわけ王はいちばんの話しべたです。王は

Gewohnt ist, zu befehlen und zu tun,
Kennt nicht die Kunst, von weitem ein Gespräch
Nach seiner Absicht langsam fein zu lenken.
Erschwer's ihm nicht durch ein rückhaltend Weigern,
Durch ein vorsätzlich Mißverstehen. Geh
Gefällig ihm den halben Weg entgegen.

IPHIGENIE. Soll ich beschleunigen, was mich bedroht?

ARKAS. Willst du sein Werben eine Drohung nennen?

IPHIGENIE. Es ist die schrecklichste von allen mir.

ARKAS. Gib ihm für seine Neigung nur Vertraun.

IPHIGENIE. Wenn er von Furcht erst meine Seele löst.

ARKAS. Warum verschweigst du deine Herkunft ihm?

IPHIGENIE. Weil einer Priesterin Geheimnis ziemt.

ARKAS. Dem König sollte nichts Geheimnis sein;
Und ob er's gleich nicht fordert, fühlt er's doch
Und fühlt es tief in seiner großen Seele,

命令することや行動することには慣れておられるのですが
自分の意図に従い、話を遠まわしに
ゆっくり巧みに導く術《すべ》はお持ち合わせでないのです。
控えめに拒絶したり、わざと誤解したりして
王を困らせないでください。
どうか道の半ばまで王をお出迎えください。

イフィゲーニエ　自分が恐れていることを自分の手で早めろとおっしゃるのですか？
アルカス　王の求婚が恐ろしいとでもおっしゃりたいのですか？
イフィゲーニエ　わたしにとっては何よりも恐ろしいことです。
アルカス　王の好意に対する信頼だけはどうかお示しください。
イフィゲーニエ　わたしの心を恐れから解き放っていただければ。
アルカス　どうしてあなたは王に素性をお隠しになるのです？
イフィゲーニエ　巫女の身には秘密がふさわしいからです。
アルカス　王には何一つ秘密にしないでください。
　はっきりとはおっしゃりませんが王は感じておられます。
　あなたが用心深く王を避けていることを

Daß du sorgfältig dich vor ihm verwahrst.
IPHIGENIE. Nährt er Verdruß und Unmut gegen mich?
ARKAS. So scheint es fast. Zwar schweigt er auch von dir;
Doch haben hingeworfne Worte mich
Belehrt, daß seine Seele fest den Wunsch
Ergriffen hat, dich zu besitzen. Laß,
O überlaß ihn nicht sich selbst! damit
In seinem Busen nicht der Unmut reife
Und dir Entsetzen bringe, du zu spät
An meinen treuen Rat mit Reue denkest.
IPHIGENIE. Wie? Sinnt der König, was kein edler Mann,
Der seinen Namen liebt und dem Verehrung
Der Himmlischen den Busen bändiget,
Je denken sollte? Sinnt er, vom Altar
Mich in sein Bette mit Gewalt zu ziehn?
So ruf' ich alle Götter und vor allen

その気高い心の奥底で感じ取っておられるのです。

イフィゲーニエ　わたしに対して不機嫌や怒りを覚えておられるのでしょうか？

アルカス　ほとんどそう見えます。あなたのことは黙っておられますが
時おりもらされるお言葉からはっきりわかります。王は
あなたを自分のものにしようという願いを
心の中で固められています。どうか
王を放っておかないでください！　さもないと
王の胸のうちに怒りが募って
あなたが恐れるようなことをなさるかもしれません。そうなれば
私の誠実な忠告を後悔しながら思い出しても手遅れです。

イフィゲーニエ　何ですって？　名誉を重んじ、欲望より
神々への畏敬を尊ぶ気高い男の人が
決して考えてはならないことを
王さまがお考えだと言うのですか？　王さまはこのわたしを
祭壇から寝床へ力づくで引きずりこもうというのですか？
ならばわたしはすべての神に呼びかけます。特に

Dianen, die entschloßne Göttin, an,
Die ihren Schutz der Priesterin gewiß
Und Jungfrau einer Jungfrau gern gewährt.
ARKAS. Sei ruhig! Ein gewaltsam neues Blut
Treibt nicht den König, solche Jünglingstat
Verwegen auszuüben. Wie er sinnt,
Befürcht' ich andern, harten Schluß von ihm,
Den unaufhaltbar er vollenden wird:
Denn seine Seel' ist fest und unbeweglich.
Drum bitt' ich dich, vertrau' ihm, sei ihm dankbar,
Wenn du ihm weiter nichts gewähren kannst.
IPHIGENIE. O sage, was dir weiter noch bekannt ist.
ARKAS. Erfahr's von ihm. Ich seh' den König kommen.
Du ehrst ihn, und dich heißt dein eigen Herz,
Ihm freundlich und vertraulich zu begegnen.
Ein edler Mann wird durch ein gutes Wort

ディアーナさま、あの決然たる女神さまに。
ディアーナさまは必ずやご自分の巫女にご加護を賜り
すすんで処女の処女たること[†9]をお守りくださるでしょう。

アルカス　落ち着いてください！　荒々しい熱情に駆り立てられて
無謀にもそんな若気の過ちを犯すような
王ではありません。王のお考えで
私が恐れるのは、それとは別の固い決心です。
それを王は断じてやり遂げられるでしょう。
王は堅固で不屈な心をお持ちだからです。
もしあなたがこれからも王に何も与えられないとしても
どうか王に信頼を寄せ、感謝を捧げてください。

イフィゲーニエ　ああ、どうかほかにまだご存知のことを話してください。

アルカス　王から直接お聞きになってください。王がいらっしゃいます。
あなたは王を尊敬しておられます。だからご自身の心が
命じているのです。王を優しく親切に受け入れるようにと。
気高い男は女の一言によって

Der Frauen weit geführt.
IPHIGENIE (allein). Zwar seh' ich nicht,
Wie ich dem Rat des Treuen folgen soll;
Doch folg' ich gern der Pflicht, dem Könige
Für seine Wohltat gutes Wort zu geben,
Und wünsche mir, daß ich dem Mächtigen,
Was ihm gefällt, mit Wahrheit sagen möge.

## DRITTER AUFTRITT

Iphigenie. Thoas.

IPHIGENIE. Mit königlichen Gütern segne dich
Die Göttin! Sie gewähre Sieg und Ruhm
Und Reichtum und das Wohl der Deinigen
Und jedes frommen Wunsches Fülle dir!

大いに導かれるものです。
イフィゲーニエ（独白）　どうやってあの誠実な人の
忠告に従えばいいのかわからないが
王さまの親切な行いに対して親切な言葉を返すという
義務には喜んで従おう。
権力者である王さまのお気に召すことを
真実にたがわず言えればいいのだけれど。

## 第三場

イフィゲーニエとトーアス

イフィゲーニエ　王室にふさわしい宝物《ほうもつ》で、どうか女神さまが
王たるあなたを祝福してくださいますように！　女神さまが勝利と栄誉を、
富とあなたの国民の繁栄をお授けくださり
あなたのどんな敬虔な願いもかなえてくださいますように！

Daß, der du über viele sorgend herrschest,
Du auch vor vielen seltnes Glück genießest.
THOAS. Zufrieden wär' ich, wenn mein Volk mich rühmte:
Was ich erwarb, genießen andre mehr
Als ich. Der ist am glücklichsten, er sei
Ein König oder ein Geringer, dem
In seinem Hause Wohl bereitet ist.
Du nahmest teil an meinen tiefen Schmerzen,
Als mir das Schwert der Feinde meinen Sohn,
Den letzten, besten, von der Seite riß.
Solang' die Rache meinen Geist besaß,
Empfand ich nicht die Öde meiner Wohnung;
Doch jetzt, da ich befriedigt wiederkehre,
Ihr Reich zerstört, mein Sohn gerochen ist,
Bleibt mir zu Hause nichts, das mich ergetze.
Der fröhliche Gehorsam, den ich sonst

多くの人びとを気遣いながら統治するあなたが
皆に先んじて稀《まれ》なる幸せを享受されますように。

トーアス　国民が称えてくれれば私も満足のはずだが。
私が手に入れたものを享受するのは、私よりもむしろ
ほかの者たちなのだ。もっとも幸せなのは
王であろうと下僕であろうと
わが家に幸せがある者。
敵の剣が私の息子を、
たった一人の愛する息子を私から奪い去ったとき
そなたも私の深い悲しみを分かちあってくれた。
復讐の念が消え去らない間は
私もわが家で寂しさを感じはしなかった。
けれども敵の国を滅ぼし、息子の復讐も遂げて
心満ち足りて凱旋した今となっては
わが家には何一つとして喜びがない。
かつては誰の目にも

Aus einem jeden Auge blicken sah,
Ist nun von Sorg' und Unmut still gedämpft.
Ein jeder sinnt, was künftig werden wird,
Und folgt dem Kinderlosen, weil er muß.
Nun komm' ich heut' in diesen Tempel, den
Ich oft betrat, um Sieg zu bitten und
Für Sieg zu danken. Einen alten Wunsch
Trag' ich im Busen, der auch dir nicht fremd
Noch unerwartet ist: ich hoffe, dich,
Zum Segen meines Volks und mir zum Segen,
Als Braut in meine Wohnung einzuführen.
IPHIGENIE. Der Unbekannten bietest du zu viel,
O König, an. Es steht die Flüchtige
Beschämt vor dir, die nichts an diesem Ufer
Als Schutz und Ruhe sucht, die du ihr gabst.
THOAS. Daß du in das Geheimnis deiner Abkunft

感じ取られた快い服従が
今は憂いと怒りによってしだいに弱まっている。
皆将来どうなるのだろうと案じながら
子どものない私に仕方なく従っている。
今日私がこの神殿に来たのは
いつものように勝利を願い
勝利に感謝するためだ。かねてからある願いを
私は抱いているが、それはそなたの知らないことでも
無縁のものでもない。私はそなたを
わが国民の幸せのため、私自身の幸せのために
花嫁としてわが家に迎えたいのだ。

イフィゲーニエ　ああ、王さま、素性もわからぬ女にそれは
あまりにももったいないお申し出。国を追われたわたしは
あなたの前で恥じ入るばかりです。わたしはこの海辺であなたが
お授けくださった保護と安らぎ以外、何一つ求めておりません。

トーアス　そなたが素性を

Vor mir wie vor dem Letzten stets dich hüllest,
Wär' unter keinem Volke recht und gut.
Dies Ufer schreckt die Fremden: das Gesetz
Gebietet's und die Not. Allein von dir,
Die jedes frommen Rechts genießt, ein wohl
Von uns empfangner Gast, nach eignem Sinn
Und Willen ihres Tages sich erfreut,
Von dir hofft' ich Vertrauen, das der Wirt
Für seine Treue wohl erwarten darf.

IPHIGENIE. Verbarg ich meiner Eltern Namen und
Mein Haus, o König, war's Verlegenheit,
Nicht Mißtraun. Denn vielleicht, ach! wüßtest du,
Wer vor dir steht, und welch verwünschtes Haupt
Du nährst und schützest: ein Entsetzen faßte
Dein großes Herz mit seltnem Schauer an,
Und statt die Seite deines Thrones mir

私にも下賤な者にも隠しているのは
どんな国民のもとでも正しいことではないだろう。
この海辺は異邦人にとっては恐怖の場所だ。掟と
必然[†10]がそれを命じているのだ。そなただけは
あらゆる神聖な権利を有し、われわれに
受け入れられた客人として思うがまま
欲するがままにここで過ごせるのだ。
そなたから私はただ信頼の念を望むのだが、それは主人として
自分の誠実さと引き換えに当然期待してよいものだろう。

イフィゲーニエ　ああ、王さま、わたしが両親の名と家柄を
隠しましたのは当惑していたためで、
不信の念からではございません。なぜならばもしあなたが
目の前に立つ者が誰であり、どんなに呪われた者を
養い保護しているかをお知りになったら、あなたの寛容なお心も
恐怖に捕らえられ、ただならぬ身震いをされたことでしょう。
そしてわたしに妃の座を授けるどころか

Zu bieten, triebest du mich vor der Zeit
Aus deinem Reiche; stießest mich vielleicht,
Eh' zu den Meinen frohe Rückkehr mir
Und meiner Wandrung Ende zugedacht ist,
Dem Elend zu, das jeden Schweifenden,
Von seinem Haus Vertriebnen überall
Mit kalter, fremder Schreckenshand erwartet.
THOAS. Was auch der Rat der Götter mit dir sei,
Und was sie deinem Haus und dir gedenken,
So fehlt es doch, seitdem du bei uns wohnst
Und eines frommen Gastes Recht genießest,
An Segen nicht, der mir von oben kommt.
Ich möchte schwer zu überreden sein,
Daß ich an dir ein schuldvoll Haupt beschütze.
IPHIGENIE. Dir bringt die Wohltat Segen, nicht der Gast.
THOAS. Was man Verruchten tut, wird nicht gesegnet.

時も至らぬうちにわたしをあなたの王国から
追放するでしょう。そしておそらくわたしを
家族のもとに喜んで帰し
流浪の旅を終わりにさせようと考えるより先に
悲惨な境地へ追いやってしまうでしょう。
そこでは、さまよう者、家から追放された者すべてを
冷たい異国の恐怖の手が待ち受けているのです。

トーアス　神々がそなたをどうなさるおつもりなのか
神々がそなたとその一族についてどう考えておられるのかわからない。
だがたとえどうあろうと、そなたがこの地に住んで
神に仕える客人の権利を得て以来
神々はずっと私に祝福を授け続けてきたではないか。
私が保護するそなたが、罪深い者であるなどと言われても
とうてい納得できるものではない。

イフィゲーニエ　祝福をもたらすのはご自身の善い行いで、客人のわたしではありません。

トーアス　極悪非道な者に何かしてやっても幸せは得られない。

Drum endige dein Schweigen und dein Weigern!
Es fordert dies kein ungerechter Mann.
Die Göttin übergab dich meinen Händen;
Wie du ihr heilig warst, so warst du's mir.
Auch sei ihr Wink noch künftig mein Gesetz:
Wenn du nach Hause Rückkehr hoffen kannst,
So sprech' ich dich von aller Fordrung los.
Doch ist der Weg auf ewig dir versperrt,
Und ist dein Stamm vertrieben oder durch
Ein ungeheures Unheil ausgelöscht,
So bist du mein durch mehr als e i n Gesetz.
Sprich offen! und du weißt, ich halte Wort.

IPHIGENIE. Vom alten Bande löset ungern sich
Die Zunge los, ein langverschwiegenes
Geheimnis endlich zu entdecken. Denn
Einmal vertraut, verläßt es ohne Rückkehr

だからもうそなたの沈黙と拒絶は終わりにしてほしい。
しかるべき人間がそう要求しているのだ。
女神がそなたを私の手に委ねられたのだ。
そなたは女神にとって神聖だったように、私にも神聖だった。
それに今後も女神の指図を私の掟としていくつもりだ。
そなたが祖国に戻りたいと望める時がくれば
私はそなたをあらゆる要求から解放しよう。
だがもしその道が永久に閉ざされており
そなたの一族が追放されるか、あるいはまた
恐ろしい災いによって滅亡しているのならば
そなたは掟にかかわらず私のものだ。
隠さずに話しなさい！　そなたも知ってのとおり私は約束を守る。

イフィゲーニエ　長い間隠していた秘密を
いざ打ち明けようとしても、わたしの舌が
古い絆に縛られて動こうとしません。なぜなら
秘密はいったん打ち明けてしまえばもう戻ることはなく

Des tiefen Herzens sichre Wohnung, schadet,
Wie es die Götter wollen, oder nützt.
Vernimm! Ich bin aus Tantalus' Geschlecht.
THOAS. Du sprichst ein großes Wort gelassen aus.
Nennst du den deinen Ahnherrn, den die Welt
Als einen ehmals Hochbegnadigten
Der Götter kennt? Ist's jener Tantalus,
Den Jupiter zu Rat und Tafel zog,
An dessen alterfahrnen, vielen Sinn
Verknüpfenden Gesprächen Götter selbst,
Wie an Orakelsprüchen, sich ergetzten?
IPHIGENIE. Et ist es; aber Götter sollten nicht
Mit Menschen wie mit ihresgleichen wandeln:
Das sterbliche Geschlecht ist viel zu schwach,
In ungewohnter Höhe nicht zu schwindeln.
Unedel war er nicht und kein Verräter,

心の奥底の安らかな住まいを離れ、神々の
御心のままに、害になったり役に立ったりするのですから。
お聞きください！　わたしはタンタロス一族[†11]の者です。

トーアス　たいへんなことをそなたは平然と口に出す。
そなたがそなたの祖先と呼ぶのは
かつて神々から寵愛されたことで知られる
あのタンタロスなのか？　ゼウスの神が
相談相手として食事に招き
その経験に富んだ、きわめて
意義深い話を、神々でさえ
神託を聞くように喜んで聞いたというあのタンタロスなのか？

イフィゲーニエ　まさしくそうです。しかし神々は
神々同士ならともかく、人間がともに歩くことは許されないのです。
死すべき定めにある人間はあまりに弱すぎて
慣れない高みではめまいを起こしてしまいます。
タンタロスは卑しい者でも裏切り者でもありませんでしたが

Allein zum Knecht zu groß, und zum Gesellen
Des großen Donnrers nur ein Mensch. So war
Auch sein Vergehen menschlich; ihr Gericht
War streng, und Dichter singen: Übermut
Und Untreu stürzten ihn von Jovis Tisch
Zur Schmach des alten Tartarus hinab.
Ach, und sein ganz Geschlecht trug ihren Haß!

THOAS. Trug es die Schuld des Ahnherrn oder eigne?

IPHIGENIE. Zwar die gewalt'ge Brust und der Titanen
Kraftvolles Mark war seiner Söhn' und Enkel
Gewisses Erbteil; doch es schmiedete
Der Gott um ihre Stirn ein ehern Band.
Rat, Mäßigung und Weisheit und Geduld
Verbarg er ihrem scheuen, düstern Blick:
Zur Wut ward ihnen jegliche Begier,
Und grenzenlos drang ihre Wut umher.

下僕としては偉大すぎ、偉大なゼウス神の仲間になるには
ただの人間でした。ですから
タンタロスの過ちにしても人間的でした。でも神々の裁きは
厳しいものでした。詩人たちは歌っています。高慢と
不実がタンタロスをゼウスの食卓から
古い地獄の汚辱にまで突き落とした、と。
ああ、そしてタンタロス一族全員が神々の憎しみを受けているのです。

トーアス　一族が背負っているのは祖先の罪か、それともおのれの罪か？

イフィゲーニエ　たしかに強大な胸と巨人族[†12]の
強力な骨髄はタンタロスの息子や孫に
受け継がれました。けれども神は
彼らの額に鉄の帯を巻きつけました。
その帯が彼らの内気で陰鬱なまなざしから
思慮や節度、知恵や忍耐を隠してしまいました。
どんな欲望も彼らには憤激となり
その憤激が際限もなく広がるのでした。

Schon Pelops, der Gewaltig-Wollende,
Des Tantalus geliebter Sohn, erwarb
Sich durch Verrat und Mord das schönste Weib,
Önomaus' Erzeugte, Hippodamien.
Sie bringt den Wünschen des Gemahls zwei Söhne,
Thyest und Atreus. Neidisch sehen sie
Des Vaters Liebe zu dem ersten Sohn
Aus einem andern Bette wachsend an.
Der Haß verbindet sie, und heimlich wagt
Das Paar im Brudermord die erste Tat.
Der Vater wähnet Hippodamien
Die Mörderin, und grimmig fordert er
Von ihr den Sohn zurück, und sie entleibt
Sich selbst –

THOAS. Du schweigest? Fahre fort zu reden!
Laß dein Vertraun dich nicht gereuen! Sprich!

すでにタンタロスの愛する息子ペロプスからして
激しく欲する人でした。
彼は裏切りと殺人によって
エノマウスの娘で絶世の美女であるヒッポダメイアを獲得しました。
彼女は夫の望みどおり二人の息子を産みました。
テュエステスとアトレウスです。二人は
父の愛が腹違いの長兄[†13]に
しだいに強く注がれていくのを見て嫉妬しました。
憎しみが二人を結びつけ、ひそかに二人は
兄を殺し、悪の一歩を踏み出したのです。
父はヒッポダメイアが長男を殺したと
誤解して、怒り狂って彼女に
息子を返せと迫りました。そのため彼女は自ら命を
絶ちました——

トーアス　黙ってしまうのか？　話を続けなさい！
私に寄せた信頼を悔やんではならぬ！　話すがいい！

IPHIGENIE. Wohl dem, der seiner Väter gern gedenkt,
Der froh von ihren Taten, ihrer Größe
Den Hörer unterhält und still sich freuend,
Ans Ende dieser schönen Reihe sich
Geschlossen sieht! Denn es erzeugt nicht gleich
Ein Haus den Halbgott, noch das Ungeheuer;
Erst eine Reihe Böser oder Guter
Bringt endlich das Entsetzen, bringt die Freude
Der Welt hervor. – Nach ihres Vaters Tode
Gebieten Atreus und Thyest der Stadt,
Gemeinsam-herrschend. Lange konnte nicht
Die Eintracht dauern. Bald entehrt Thyest
Des Bruders Bette. Rächend treibet Atreus
Ihn aus dem Reiche. Tückisch hatte schon
Thyest, auf schwere Taten sinnend, lange
Dem Bruder einen Sohn entwandt und heimlich

イフィゲーニエ　祖先のことを好んで思い出し
楽しげに彼らの行為や偉大さを聞き手に語りたいものです。
そしてひそかに喜びながら
その由緒ある家系の最後に自分自身が
連なっているのを見る人は幸せです！　一つの家系から
突然英雄や怪物が生み出されるわけではありません。
悪人や善人が続いたあとで
初めてこの世の恐怖となるものや、喜びとなるものが
生まれるのです。――彼らの父の死後
アトレウスとテュエステスの兄弟は共同で
都市国家[†14]を治めていました。けれども二人の協力関係は
長くは続きませんでした。まもなくテュエステスは
兄の妻と通じました。復讐のためアトレウスは弟を
国外へ追放しました。恐ろしいたくらみを胸に抱きながら
邪悪にもテュエステスはずっと以前から
兄の息子を奪い取り、ひそかに自分の子として

Ihn als den seinen schmeichelnd auferzogen.
Dem füllet er die Brust mit Wut und Rache
Und sendet ihn zur Königsstadt, daß er
Im Oheim seinen eignen Vater morde.
Des Jünglings Vorsatz wird entdeckt: der König
Straft grausam den gesandten Mörder, wähnend,
Er töte seines Bruders Sohn. Zu spät
Erfährt er, wer vor seinen trunknen Augen
Gemartert stirbt; und die Begier der Rache
Aus seiner Brust zu tilgen, sinnt er still
Auf unerhörte Tat. Er scheint gelassen,
Gleichgültig und versöhnt, und lockt den Bruder
Mit seinen beiden Söhnen in das Reich
Zurück, ergreift die Knaben, schlachtet sie
Und setzt die ekle, schaudervolle Speise
Dem Vater bei dem ersten Mahle vor.

甘やかして育ててきました。
その子の胸に怒りと復讐心を注ぎ込み
都へ送って、おじと思いこんでいる
実の父親を殺させようとしたのです。
若者の計画は見破られ、王アトレウスは
この刺客を残酷に罰しました。弟の息子を殺したと
思い違いをしながら。陶酔した眼前で
責めさいなまれながら死んでいくのが
誰なのかを知ったときにはもう遅すぎました。
復讐の欲望を遂げるため、ひそかに彼が考えたのは
前代未聞の行為でした。見かけは平然として
無関心と和解を装い、弟テュエステスを
彼の二人の息子とともに国へ呼び戻しました。
子どもたちを捕まえて殺し
吐き気を催すような恐ろしい料理を
最初の食事のときに父親である弟に出したのです。

Und da Thyest an seinem Fleische sich
Gesättigt, eine Wehmut ihn ergreift,
Er nach den Kindern fragt, den Tritt, die Stimme
Der Knaben an des Saales Türe schon
Zu hören glaubt, wirft Atreus grinsend
Ihm Haupt und Füße der Erschlagnen hin. –
Du wendest schaudernd dein Gesicht, o König:
So wendete die Sonn' ihr Antlitz weg
Und ihren Wagen aus dem ew'gen Gleise.
Dies sind die Ahnherrn deiner Priesterin;
Und viel unseliges Geschick der Männer,
Viel Taten des verworrnen Sinnes deckt
Die Nacht mit schweren Fittichen und läßt
Uns nur in grauenvolle Dämmrung sehn.

THOAS. Verbirg sie schweigend auch. Es sei genug
Der Greuel! Sage nun, durch welch ein Wunder

テュエステスはその肉に満腹しましたが
ふと物悲しい気持ちに捉えられ
息子たちのことを尋ねました。
子どもたちの声が広間の入り口に聞こえたかと
思われたとき、アトレウスはにやにや笑いながら
殺された子どもたちの頭と足を、父親の前に投げ出しました。——
ああ、王さま、あなたは身震いしながら顔を背けておられます。
同じように太陽も顔を背け
永遠の軌道からその天翔ける車[†15]をそらせたのでした。
これが王さまの巫女であるわたしの先祖です。
男たちのたくさんの不幸な運命、
錯乱した精神が為す多くの行為、
こうしたものを夜が重い翼で覆い隠し
恐ろしい黎明を通してのみ、垣間見せるのです。

トーアス　それは黙って隠しておくがいい。ぞっとする話は
もう十分だ！　それより聞かせてくれ、どういう奇跡で

Von diesem wilden Stamme du entsprangst.
IPHIGENIE. Des Atreus ältster Sohn war Agamemnon:
Er ist mein Vater. Doch ich darf es sagen,
In ihm hab' ich seit meiner ersten Zeit
Ein Muster des vollkommnen Manns gesehn.
Ihm brachte Klytämnestra mich, den Erstling
Der Liebe, dann Elektren. Ruhig herrschte
Der König, und es war dem Hause Tantals
Die lang' entbehrte Rast gewährt. Allein
Es mangelte dem Glück der Eltern noch
Ein Sohn, und kaum war dieser Wunsch erfüllt,
Daß zwischen beiden Schwestern nun Orest,
Der Liebling, wuchs, als neues Übel schon
Dem sichern Hause zubereitet war.
Der Ruf des Krieges ist zu euch gekommen,
Der, um den Raub der schönsten Frau zu rächen,

その荒くれ一族からそなたは生まれてきたのか。

イフィゲーニエ　アトレウスの長男がアガメムノンでした。
わたしの父です。あえて申しますが
幼いころからわたしは父の中に
完全な男の典型を見てまいりました。
妻のクリュタイメストラが最初の愛の結実として
このわたしを生み、次にエレクトラを生みました。
王は平穏に国を治め、タンタロスの一族に
長らく欠けていた安らぎが与えられました。
しかし両親の幸せは息子がいないために
まだ完全ではありませんでした。やがてこの望みも満たされ
二人の姉妹とともに、今や寵児のオレストが
大きくなってゆきました。でもその矢先に新たな災いが
平穏な家族に降りかかってきたのです。
戦争のうわさはこの地にまで伝わってきましたが
世界一の美女ヘレネ[†16]を奪われた仕返しに

Die ganze Macht der Fürsten Griechenlands
Um Trojens Mauern lagerte. Ob sie
Die Stadt gewonnen, ihrer Rache Ziel
Erreicht, vernahm ich nicht. Mein Vater führte
Der Griechen Heer. In Aulis harrten sie
Auf günst'gen Wind vergebens: denn Diane,
Erzürnt auf ihren großen Führer, hielt
Die Eilenden zurück und forderte
Durch Kalchas' Mund des Königs ältste Tochter.
Sie lockten mit der Mutter mich ins Lager;
Sie rissen mich vor den Altar und weihten
Der Göttin dieses Haupt. – Sie war versöhnt:
Sie wollte nicht mein Blut und hüllte rettend
In eine Wolke mich; in diesem Tempel
Erkannt' ich mich zuerst vom Tode wieder.
Ich bin es selbst, bin Iphigenie,

ギリシア諸侯の全軍が
トロイアの城を囲んで陣を張ったのです。首尾よく彼らが
町を攻め落として、復讐の目的を果たしたかどうかは
知りません。わたしの父は
ギリシアの軍勢を率いていました。アウリスの港で彼らは
順風を待ち続けたのですが、駄目でした。というのもディアーナさまが
ギリシア軍の偉大な総大将に怒りを覚え、
進軍を急ぐ者たちを足留めして、預言者カルカスの口を通じ
王アガメムノンの娘を捧げるよう求めたからです。
彼らは偽って母とわたしを陣営に呼び寄せ
わたしを祭壇の前に引きずり出すと、この首を
女神さまに捧げると誓いました。――すると女神さまの心は和らぎ
わたしの血潮を求めることはせず、一陣の雲に包み込んで
わたしの生命を救ってくださいました。死からよみがえると
わたしはこの神殿におりました。
そうです、このわたしがイフィゲーニエです。

Des Atreus Enkel, Agamemnons Tochter,
Der Göttin Eigentum, die mit dir spricht.
THOAS. Mehr Vorzug und Vertrauen geb' ich nicht
Der Königstochter als der Unbekannten.
Ich wiederhole meinen ersten Antrag:
Komm, folge mir und teile, was ich habe.
IPHIGENIE. Wie darf ich solchen Schritt, o König, wagen?
Hat nicht die Göttin, die mich rettete,
Allein das Recht auf mein geweihtes Leben?
Sie hat für mich den Schutzort ausgesucht,
Und sie bewahrt mich einem Vater, den
Sie durch den Schein genug gestraft, vielleicht
Zur schönsten Freude seines Alters hier.
Vielleicht ist mir die frohe Rückkehr nah;
Und ich, auf ihren Weg nicht achtend, hätte
Mich wider ihren Willen hier gefesselt?

アトレウスの孫、アガメムノンの娘、女神さまへの捧げ物、
今こうしてあなたとお話し申し上げているのが、その人です。
トーアス　王家の娘とわかったからといって、見知らぬ女以上に
特権や信頼を与えるわけではない。
私は最初の申し出をくり返す。
来て、私に従い、私の持ち物を分かち持て。
イフィゲーニエ　ああ、王さま、どうしてそのような大それたことができましょうか？
わたしを救ってくださった女神さまだけが
捧げられたわたしの生命に対する権利をお持ちなのではないでしょうか？
女神さまはわたしのために避難所を探してくださいました。
そして女神さまは、娘が死んだものと思い、十分に罪を背負った父親に
このうえない老後の喜びを与えてやるために
わたしをここにとどめているのかもしれません。
ひょっとするとうれしい帰国の日が近づいているのかもしれません。
それなのに女神さまのお指図に注意を払わず
御心にも背いて、この地に住みつくことができましょうか？

Ein Zeichen bat ich, wenn ich bleiben sollte.
THOAS. Das Zeichen ist, daß du noch hier verweilst.
Such' Ausflucht solcher Art nicht ängstlich auf.
Man spricht vergebens viel, um zu versagen;
Der andre hört von allem nur das Nein.
IPHIGENIE. Nicht Worte sind es, die nur blenden sollen:
Ich habe dir mein tiefstes Herz entdeckt.
Und sagst du dir nicht selbst, wie ich dem Vater,
Der Mutter, den Geschwistern mich entgegen
Mit ängstlichen Gefühlen sehnen muß?
Daß in den alten Hallen, wo die Trauer
Noch manchmal stille meinen Namen lispelt,
Die Freude, wie um eine Neugeborne,
Den schönsten Kranz von Säul' an Säulen schlinge.
O sendetest du mich auf Schiffen hin!
Du gäbest mir und allen neues Leben.

ここにとどまれとの思し召しなら合図をくださるようお願いしてあります。
トーアス　そなたがまだここにいることこそ、その合図なのだ。
そんな口実をおずおず探すのはやめるがよい。
人は皆、断るためにあれこれ要らぬおしゃべりをするものだ。
そこからは「いや」という一言しか聞こえぬものだ。
イフィゲーニエ　ごまかすために発した言葉ではありません。
王さまにわたしの心の奥底を打ち明けたのでございます。
わたしが父や母、きょうだいたちにどんなに
会いたいと思っているか
王さまもおわかりのはずです。
かつて住んでいた宮殿の広間では、悲しみが
時おりひそかにわたしの名前をささやいているでしょう。
そこへ女の赤ちゃんが生まれたような喜びが起き
このうえなく美しい花輪の飾りが柱という柱に結びつけられたなら！
ああ、どうかわたしを船で送り返してくださりますよう！
そうすれば王さまはわたしにも皆にも新しい生命を授けることになるのです。

THOAS. So kehr' zurück! Tu, was dein Herz dich heißt,
Und höre nicht die Stimme guten Rats
Und der Vernunft. Sei ganz ein Weib und gib
Dich hin dem Triebe, der dich zügellos
Ergreift und dahin oder dorthin reißt.
Wenn ihnen eine Lust im Busen brennt,
Hält vom Verräter sie kein heilig Band,
Der sie dem Vater oder dem Gemahl
Aus langbewährten, treuen Armen lockt;
Und schweigt in ihrer Brust die rasche Glut,
So dringt auf sie vergebens treu und mächtig
Der Überredung goldne Zunge los.
IPHIGENIE. Gedenk', o König, deines edeln Wortes!
Willst du mein Zutraun so erwidern? Du
Schienst vorbereitet, alles zu vernehmen.
THOAS. Aufs Ungehoffte war ich nicht bereitet;

トーアス　それでは帰るがいい！　心の命ずるままに行動しなさい。
そうして良き忠告と理性の声には
耳を傾けないことだ。ただの女であるがよい。
勝手気ままにそなたを捕らえ、あちこち
引きずり回す、あの衝動に身を委ねるがよい。
女というものはいったんその胸に欲望の火が灯れば
どんな神聖な絆も女をとどめておくことはできない。
誘惑者の手によって、父や夫の変わらぬ誠実な腕から
誘い出されてしまうのだ。
そしてまた女の胸の中で激しい熱情が冷めると
黄金の舌がどんなに心を込めて力強く
説得の言葉を発しても役には立たないのだ。
イフィゲーニエ　ああ、王さま、先ほどの気高いお言葉を思い起こしてください！
わたしの信頼にそのようにお応えなさろうと言うのでしょうか？
何にでも耳を傾けてくださるようにお見受けしましたのに。
トーアス　望みもしないことに対しては心構えもしていなかった。

Doch sollt' ich's auch erwarten: wußt' ich nicht,
Daß ich mit einem Weibe handeln ging?

IPHIGENIE. Schilt nicht, o König, unser arm Geschlecht.
Nicht herrlich wie die euern, aber nicht
Unedel sind die Waffen eines Weibes.
Glaub' es, darin bin ich dir vorzuziehn,
Daß ich dein Glück mehr als du selber kenne.
Du wähnest, unbekannt mit dir und mir,
Ein näher Band werd' uns zum Glück vereinen.
Voll guten Mutes, wie voll guten Willens
Dringst du in mich, daß ich mich fügen soll;
Und hier dank ich den Göttern, daß sie mir
Die Festigkeit gegeben, dieses Bündnis
Nicht einzugehen, das sie nicht gebilligt.

THOAS. Es spricht kein Gott; es spricht dein eignes Herz.

IPHIGENIE. Sie reden nur durch unser Herz zu uns.

だが予期しておくべきことだった。女を相手に
やり取りしていたことも私は忘れていた。
イフィゲーニエ　ああ、王さま、わたしたち哀れな女をののしらないでください。
女の武器は男のものほど
立派ではありませんが、卑しいわけでもありません。
信じてください。王さまご自身よりも王さまの幸せを
よく知っている点ではわたしのほうが優れています。
王さまはご自分のこともわたしのこともよく知らないままに
もっと近しい絆を結べばわたしたちは幸せになれると思っておられるのです。
善意と立派な志に満ち満ちて
ご意志に従うようにと王さまはお迫りになります。
でもわたしはここで神々に感謝いたします。それは神々が
わたしに確固とした心を授けられ、神々がお許しにならない
結びつきを受けつけないようにしてくださっているからです。
トーアス　それは神の言葉ではない。そなた自身の心から出た言葉だ。
イフィゲーニエ　神々がわたしたちに話しかけるのはいつもわたしたちの心を通してです。

THOAS. Und hab' ich, sie zu hören, nicht das Recht?
IPHIGENIE. Es überbraust der Sturm die zarte Stimme.
THOAS. Die Priesterin vernimmt sie wohl allein?
IPHIGENIE. Vor allen andern merke sie der Fürst.
THOAS. Dein heilig Amt und dein geerbtes Recht
An Jovis Tisch bringt dich den Göttern näher
Als einen erdgeborenen Wilden.
IPHIGENIE. So
Büß' ich nun das Vertraun, das du erzwangst.
THOAS. Ich bin ein Mensch; und besser ist's, wir enden.
So bleibe denn mein Wort: Sei Priesterin
Der Göttin, wie sie dich erkoren hat;
Doch mir verzeih' Diane, daß ich ihr
Bisher, mit Unrecht und mit innerm Vorwurf,
Die alten Opfer vorenthalten habe.
Kein Fremder nahet glücklich unserm Ufer:

トーアス　そして私にはその言葉を聞く権利がないと言うのか？
イフィゲーニエ　嵐がか細い声をかき消しています。
トーアス　巫女にだけはそれが聞こえると言うのか？
イフィゲーニエ　誰よりも王さまに聞いていただきたい声です。
トーアス　神聖なそなたの職務と、ゼウスの食卓に連なる
　先祖代々の権利が、地上に生まれた
　この野蛮人の私よりもそなたを神々に近づけているのだ。
イフィゲーニエ　　　　　　　　　　　　　　　　　　　何とも
　無理強いされて打ち明けたのが悔やまれます。
トーアス　私は人間だからな。だがもうお互いに言い争うのはやめよう。
それでこれだけははっきり言っておく。女神が選ばれたとおり
そなたは女神の巫女でいるがよい。
だがディアーナさまにお許しいただきたいのは
私がこれまで不当にも、また内心気がとがめながらも
しきたりになっていた生け贄を捧げないできたことだ。
この海辺に近づけば、異邦人は誰も無事に帰れはしない。

Von alters her ist ihm der Tod gewiß.
Nur du hast mich mit einer Freundlichkeit,
In der ich bald der zarten Tochter Liebe,
Bald stille Neigung einer Braut zu sehn
Mich tief erfreute, wie mit Zauberbanden
Gefesselt, daß ich meiner Pflicht vergaß.
Du hattest mir die Sinnen eingewiegt,
Das Murren meines Volks vernahm ich nicht;
Nun rufen sie die Schuld von meines Sohnes
Frühzeit'gem Tode lauter über mich.
Um deinetwillen halt' ich länger nicht
Die Menge, die das Opfer dringend fordert.
IPHIGENIE. Um meinetwillen hab' ich's nie begehrt.
Der mißversteht die Himmlischen, der sie
Blutgierig wähnt: er dichtet ihnen nur
Die eignen grausamen Begierden an.

昔から異邦人は死ぬと決まっているのだ。
ただ私はそなたの示す親切な心遣いの中に
あるときは優しい娘の愛情を、あるときはまた
花嫁の静かな情愛を見る思いがしていた。
だから私は深く喜び、魔法の網にでも掛かったかのように
その親切に縛られて、自分の義務を忘れてきた。
そなたが私の感覚を眠らせてしまったので
国民の不平の声に私は耳を傾けないできた。
今や彼らは私の息子が早死にしたのは
すべて私のせいだと叫んでいる。
そなたのためとは言え、もうこれ以上
生け贄を切に求める群衆を抑えることはできないのだ。

イフィゲーニエ　わたし自身のためにそれを望んだわけではありません。
神々が血に飢えていると思っている人は
神々を誤解しています。自分自身の残忍な要求を
神々になすりつけているだけなのです。

Entzog die Göttin mich nicht selbst dem Priester?
Ihr war mein Dienst willkommner als mein Tod.
THOAS. Es ziemt sich nicht für uns, den heiligen
Gebrauch mit leicht beweglicher Vernunft
Nach unserm Sinn zu deuten und zu lenken.
Tu deine Pflicht, ich werde meine tun.
Zwei Fremde, die wir in des Ufers Höhlen
Versteckt gefunden, und die meinem Lande
Nichts Gutes bringen, sind in meiner Hand.
Mit diesen nehme deine Göttin wieder
Ihr erstes, rechtes, lang' entbehrtes Opfer!
Ich sende sie hierher; du weißt den Dienst.

女神さまはご自身でアウリスの神官からわたしを救われたではありませんか？
女神さまはわたしに死ぬよりも、お仕えすることのほうを望まれたのです。

トーアス　神聖なしきたりを、うつろいやすい理性で
心の赴くままに解釈したり、操ったりするのは
われわれにふさわしいことではない。
そなたはそなたの義務を果たせ。私は私の義務を果たそう。
海辺の洞窟に隠れているところを見つけられた
二人の異邦人が今、私の手中にある。
どうせこの国に災いをもたらす者であろうが。
久方ぶりの打ってつけの生け贄として
今またそなたの女神に捧げることにしよう。
二人をここに連れてこさせる。そなたは務めを承知のはずだ。

## VIERTER AUFTRITT

IPHIGENIE (allein). Du hast Wolken, gnädige Retterin,
Einzuhüllen unschuldig Verfolgte,
Und auf Winden dem ehrnen Geschick sie
Aus den Armen, über das Meer,
Über der Erde weiteste Strecken,
Und wohin es dir gut dünkt, zu tragen.
Weise bist du und siehest das Künftige;
Nicht vorüber ist dir das Vergangne,
Und dein Blick ruht über den Deinen,
Wie dein Licht, das Leben der Nächte,
Über der Erde ruhet und waltet.
O enthalte vom Blut meine Hände!
Nimmer bringt es Segen und Ruhe;
Und die Gestalt des zufällig Ermordeten

## 第四場

イフィゲーニエ（独白）[†17]　慈悲深い救いの女神さま、あなたは
罪もなく迫害されたわたしを雲に包み
風に乗せて運んできてくださいました。
冷酷な運命の腕の中から救い出し、海を渡り
はるか遠く大地を越えて、あなたがふさわしいと
思われたこの地まで。
賢明なあなたは未来もお見通しです。
あなたにとって過去は過ぎ去ったものではありません。
夜の生命とも言うべきあなたの光[†18]が
大地を照らし、支配しているように
あなたのまなざしはあなたに仕える人々の上に注がれています。
ああ、どうかわたしの手が血塗られないようお守りください！
血は決して幸せも安らぎももたらしはしません。
そしてわけもなく殺された者の姿は

Wird auf des traurig-unwilligen Mörders
Böse Stunden lauern und schrecken.
Denn die Unsterblichen lieben der Menschen
Weit verbreitete gute Geschlechter,
Und sie fristen das flüchtige Leben
Gerne dem Sterblichen, wollen ihm gerne
Ihres eigenen, ewigen Himmels
Mitgenießendes fröhliches Anschaun
Eine Weile gönnen und lassen.

# ZWEITER AUFZUG

## ERSTER AUFTRITT

Orest. Pylades.

悲しみの中でやむなく人を殺した者の
苦悩の時間を待ち受けて脅すでしょう。
なぜなら不滅の神々は地上に広がった
善良な人類を愛しているからです。
神々は死すべき定めの人間に
はかないながらも生命を授けてくださり
神々自身の永遠の天国を
ともに楽しみ喜んで、しばし眺められるように
してくださっているのです。

# 第二幕

## 第一場

オレストとピュラデス

Orest. Es ist der Weg des Todes, den wir treten:
Mit jedem Schritt wird meine Seele stiller.
Als ich Apollen bat, das gräßliche
Geleit der Rachegeister von der Seite
Mir abzunehmen, schien er Hilf' und Rettung
Im Tempel seiner vielgeliebten Schwester,
Die über Tauris herrscht, mit hoffnungsreichen,
Gewissen Götterworten zu versprechen;
Und nun erfüllet sich's, daß alle Not
Mit meinem Leben völlig enden soll.
Wie leicht wird's mir, dem eine Götterhand
Das Herz zusammendrückt, den Sinn betäubt,
Dem schönen Licht der Sonne zu entsagen.
Und sollen Atreus' Enkel in der Schlacht
Ein siegbekröntes Ende nicht gewinnen,
Soll ich wie meine Ahnen, wie mein Vater

オレスト　僕らが歩いているのは死の道だ。
一歩ごとに僕の心は鎮《しず》まっていく。
復讐の女神たち[†19]が忌まわしくつきまとうのを
払いのけてくださるよう、僕は神アポロンにお願いした。
そのとき神は希望に満ちた神々のお言葉で
こう約束してくださったように思われた。
タウリスを治めるいとしい妹ディアーナの神殿で
助けと救いを与えてくださると。
そして今その約束が実現されて、あらゆる苦しみが
僕の生命とともにすっかり終わろうとしているわけだ。
僕の心は神の手によって押しつぶされ
感覚も麻痺している。そんな僕には
太陽の美しい光をあきらめることなどたやすい。
それにしてもアトレウスの子孫たちには
勝利の冠を戴《いただ》いて死ぬことはかなわぬ定めなのか。
この僕も先祖や父と同じように

Als Opfertier im Jammertode bluten:
So sei es! Besser hier vor dem Altar,
Als im verworfnen Winkel, wo die Netze
Der nahverwandte Meuchelmörder stellt.
Laßt mir so lange Ruh, ihr Unterird'schen,
Die nach dem Blut ihr, das von meinen Tritten
Hernieder träufelnd meinen Pfad bezeichnet,
Wie losgelaßne Hunde spürend hetzt!
Laßt mich, ich komme bald zu euch hinab:
Das Licht des Tags soll euch nicht sehn, noch mich.
Der Erde schöner grüner Teppich soll
Kein Tummelplatz für Larven sein. Dort unten
Such' ich euch auf: dort bindet alle dann
Ein gleich Geschick in ew'ge matte Nacht.
Nur dich, mein Pylades, dich, meiner Schuld
Und meines Banns unschuldigen Genossen,

生け贄として血を流し、哀れに死んでゆく定めなのか。
それもいいさ！　近親の暗殺者たちが網を広げる
呪われた片隅で殺されるよりは
この祭壇の前で死ぬほうがましだ。
地獄の悪霊どもよ、それまでは僕をそっとしておいてくれ。
僕の歩いた後、道に滴り落ちた血を
おまえたちは解き放たれた犬のように
嗅ぎまわりながら追ってくる。
放っておいてくれ。僕のほうからすぐにそちらへ下りていくから。
おてんとさまを仰げないのはおまえたちだけでなく、僕もなのだ。
地上の美しい緑のじゅうたんを
亡霊たちの遊び場にはさせたくない。地獄で
僕はおまえたちを訪ねよう。そこでは同じ運命が皆を
鈍い光の永遠の夜へと結びつけるのだ。
僕のピュラデス、君は何の罪もないのに
僕の罪の仲間、僕の追放の同志となってきた。

Wie ungern nehm' ich dich in jenes Trauerland
Frühzeitig mit! Dein Leben oder Tod
Gibt mir allein noch Hoffnung oder Furcht.
PYLADES. Ich bin noch nicht, Orest, wie du bereit,
In jenes Schattenreich hinabzugehn.
Ich sinne noch, durch die verworrnen Pfade,
Die nach der schwarzen Nacht zu führen scheinen,
Uns zu dem Leben wieder aufzuwinden.
Ich denke nicht den Tod; ich sinn' und horche,
Ob nicht zu irgendeiner frohen Flucht
Die Götter Rat und Wege zubereiten.
Der Tod, gefürchtet oder ungefürchtet,
Kommt unaufhaltsam. Wenn die Priesterin
Schon, unsre Locken weihend abzuschneiden,
Die Hand erhebt, soll dein' und meine Rettung
Mein einziger Gedanke sein. Erhebe

そんな君を時ならず地獄への道連れにするのだけは
どうしても避けたいのだ！　君が生きるか死ぬか
それだけが僕に希望や恐怖を与えるのだ。

ピュラデス　オレスト、僕はまだ君のように
冥土に下りていく気にはなっていない。
僕が考えているのは、暗い夜へと通じているらしい
入り組んだ道を通って
もう一度僕らが生きている世界へと上がっていくことなのだ。
僕は死ぬことなんか考えない。何とかうまく逃げ出せるように
神々がよい手段を授けてくれないだろうか？
そんなことを考えながら僕は耳を澄ましている。
恐れようが恐れまいが、死はいずれ
必ずやって来る。巫女が神に捧げるために
僕たちの髪を切ろうとして
その手を上げる。そのときでも僕が考えているのは
君と僕とが助かることだけだ。そんな臆病風は

Von diesem Unmut deine Seele; zweifelnd
Beschleunigest du die Gefahr. Apoll
Gab uns das Wort: im Heiligtum der Schwester
Sei Trost und Hilf' und Rückkehr dir bereitet.
Der Götter Worte sind nicht doppelsinnig,
Wie der Gedrückte sie im Unmut wähnt.

OREST. Des Lebens dunkle Decke breitete
Die Mutter schon mir um das zarte Haupt,
Und so wuchs ich herauf, ein Ebenbild
Des Vaters, und es war mein stummer Blick
Ein bittrer Vorwurf ihr und ihrem Buhlen.
Wie oft, wenn still Elektra, meine Schwester,
Am Feuer in der tiefen Halle saß,
Drängt' ich beklommen mich an ihren Schoß
Und starrte, wie sie bitter weinte, sie
Mit großen Augen an. Dann sagte sie

振り払って心を奮い立たせろ。疑ったりしていては
危険を早めるだけだ。アポロンの神は
僕たちにお告げをくださった。妹神の神殿には
慰めと救いと帰国が君のために用意されている、と。
神々の言葉は意気消沈した男が臆病風に吹かれながら
妄想するような、そんなあいまいなものではないのだ。

オレスト　僕がまだ幼かったころ
母はすでに僕の生命に暗い覆いを掛けてしまっていた。
そうして僕は成長し、父の
生き写しとなった。僕が黙って見ているだけで
母とその愛人には厳しい非難と映るのだった。
姉のエレクトラは静かに
奥の広間の暖炉のそばに座っていた。
僕は何度も切ない気持ちで姉のひざにしがみつき
姉が激しく泣いているのを大きな眼で
見つめたものだった。そんなとき姉は

Von unserm hohen Vater viel: wie sehr
Verlangt' ich, ihn zu sehn, bei ihm zu sein!
Mich wünscht' ich bald nach Troja, ihn bald her.
Es kam der Tag –
PYLADES. O laß von jener Stunde
Sich Höllengeister nächtlich unterhalten!
Uns gebe die Erinnrung schöner Zeit
Zu frischem Heldenlaufe neue Kraft.
Die Götter brauchen manchen guten Mann
Zu ihrem Dienst auf dieser weiten Erde.
Sie haben noch auf dich gezählt; sie gaben
Dich nicht dem Vater zum Geleite mit,
Da er unwillig nach dem Orkus ging.
OREST. O wär' ich, seinen Saum ergreifend, ihm
Gefolgt!
PYLADES. So haben die, die dich erhielten,

尊い父上のことをいろいろ話してくれた。父上に会い
父上のそばにいることを僕はどんなに強く望んだことだろう！
時にはトロイアに行こうと思い、時には父上に戻ってきてほしいと思った。
そしてあの日が来た——

ピュラデス　ああ、あのときのことは
地獄の亡霊どもの夜の語らいに任せておけ！
僕らは楽しかったときのことを思い出し
若々しい英雄の道へ踏み出すための新たな力を得よう。
神々はこの広い地上でご自分たちに仕える
多くの善良な男を必要としておられるのだ。
神々はまだ君を当てにしているのだ。神々は
父上が不本意ながら冥土に下りていかれたとき
君をお供につけることはしなかった。

オレスト　ああ、あのとき父上の着物の袖をつかんで、ついてゆけば
よかったものを！

ピュラデス　いや、神々が君をこの世にとどめたのは

Für mich gesorgt: denn was ich worden wäre,
Wenn du nicht lebtest, kann ich mir nicht denken,
Da ich mit dir und deinetwillen nur
Seit meiner Kindheit leb' und leben mag.
OREST. Erinnre mich nicht jener schönen Tage,
Da mir dein Haus die freie Stätte gab,
Dein edler Vater klug und liebevoll
Die halberstarrte junge Blüte pflegte;
Da du, ein immer munterer Geselle,
Gleich einem leichten, bunten Schmetterling
Um eine dunkle Blume, jeden Tag
Um mich mit neuem Leben gaukeltest,
Mir deine Lust in meine Seele spieltest,
Daß ich, vergessend meiner Not, mit dir
In rascher Jugend hingerissen schwärmte.
PYLADES. Da fing mein Leben an, als ich dich liebte.

僕のことを気遣ってのことだ。なぜって、もし君が生きていなければ
僕はどうなっていただろう。想像もつかないよ。
子どものころから僕はずっと君と一緒にいて
君のためだけに生きてきたし、生きてゆきたいのだから。

オレスト　楽しかったあのころのことは思い出させないでくれ。
君の家は僕に自由な場所を与えてくれた。
君の気高い父上[†20]は、賢明に、そして愛情を込めて
僕のような半ば硬直した若い花の面倒を見てくれた。
君はいつも僕の愉快な遊び仲間だった。
暗い花の周りを舞う
軽やかで色鮮やかな蝶のように、君は毎日
僕の周りを新しい生命で飛び回り
僕の心に君の喜びを吹き込んでくれた。
だから僕は自分の苦しみを忘れて、君とともに
激しい青春に熱狂したのだ。

ピュラデス　僕の人生は、僕が君を愛したときから始まった。

Orest. Sag: meine Not begann, und du sprichst wahr.
Das ist das Ängstliche von meinem Schicksal,
Daß ich, wie ein verpesteter Vertriebner,
Geheimen Schmerz und Tod im Busen trage;
Daß, wo ich den gesundsten Ort betrete,
Gar bald um mich die blühenden Gesichter
Den Schmerzenszug langsamen Tods verraten.
Pylades. Der Nächste wär' ich, diesen Tod zu sterben,
Wenn je dein Hauch, Orest, vergiftete.
Bin ich nicht immer noch voll Mut und Lust?
Und Lust und Liebe sind die Fittiche
Zu großen Taten.
Orest. Große Taten? Ja,
Ich weiß die Zeit, da wir sie vor uns sahn!
Wenn wir zusammen oft dem Wilde nach
Durch Berg' und Täler rannten und dereinst,

オレスト　君の苦難が始まった、と言え。それなら正しい。
僕の運命でいちばん不安をかき立てるのは
僕が堕落した追放者のように
ひそかな痛みと死を胸に抱いていることだ。
そのせいでどんなに健全な場所へ足を踏み入れても
すぐに周りの華やいだ顔が
おもむろに忍び寄る死の苦痛の表情に変わるのだ。
ピュラデス　オレスト、もし君の吐く息に毒があるというのなら
真っ先にやられて死を迎えるのはこの僕だろう。
ところが僕は相も変わらずこんなに元気で意欲満々ではないか？
愛と意欲が両翼となって
偉大な行為がなされるのだ。
オレスト　　　　　　　偉大な行為だって？　そうだ
そういうものを未来に夢見ていた時代はあったなあ！
僕らはよく一緒に獲物を追いかけて
山や谷を走り回った。そしていつかは

An Brust und Faust dem hohen Ahnherrn gleich,
Mit Keul' und Schwert dem Ungeheuer so,
Dem Räuber auf der Spur zu jagen hofften;
Und dann wir abends an der weiten See
Uns aneinander lehnend ruhig saßen,
Die Wellen bis zu unsern Füßen spielten,
Die Welt so weit, so offen vor uns lag:
Da fuhr wohl einer manchmal nach dem Schwert,
Und künft'ge Taten drangen wie die Sterne
Rings um uns her unzählig aus der Nacht.
PYLADES. Unendlich ist das Werk, das zu vollführen
Die Seele dringt. Wir möchten jede Tat
So groß gleich tun, als wie sie wächst und wird,
Wenn jahrelang durch Länder und Geschlechter
Der Mund der Dichter sie vermehrend wälzt.
Es klingt so schön, was unsre Väter taten,

胸も拳も高貴な祖先のそれのようになり
棍棒と剣を持って、怪物だとか
盗賊を追跡したいと思ったものだった。
それから僕らは夜ごとに広い海辺で
互いに寄りかかりながら静かに座っていた。
波が僕らの足元で戯れ
眼前には世界が遠くまで広々と開けていた。
そんなとき、どちらかがよく剣に手をかけた。
そうすると未来の数々の行為が、僕らを取り巻く闇の中から
星のように無限に浮かび上がってくるのだ。

ピュラデス　成し遂げるよう魂が促す仕事は
果てしない。僕らはかくも偉大な行為を
たちどころにやり遂げようとする。そうした偉業は
何年もかけて国々や種族の間で
詩人たちが歌い続け、形作ってきたものなのに。
若者が静かな夕影に憩いながら

Wenn es, in stillen Abendschatten ruhend,
Der Jüngling mit dem Ton der Harfe schlürft;
Und was wir tun, ist, wie es ihnen war,
Voll Müh und eitel Stückwerk!
So laufen wir nach dem, was vor uns flieht,
Und achten nicht des Weges, den wir treten,
Und sehen neben uns der Ahnherrn Tritte
Und ihres Erdelebens Spuren kaum.
Wir eilen immer ihrem Schatten nach,
Der göttergleich in einer weiten Ferne
Der Berge Haupt auf goldnen Wolken krönt.
Ich halte nichts von dem, der von sich denkt,
Wie ihn das Volk vielleicht erheben möchte;
Allein, o Jüngling, danke du den Göttern,
Daß sie so früh durch dich so viel getan.

OREST. Wenn sie dem Menschen frohe Tat bescheren,

竪琴の音色で味わうときには
僕らの祖先が成し遂げたことは美しい響きがする。
そして僕らが為すことは、祖先の例にたがわず
労苦にまみれたむなしく不完全な仕事なのだ！
だから僕らは僕らから逃げていくものを追いかけ
今歩んでいる道には注意を払わない。
そしてかたわらを行く祖先の歩みと
彼らがこの世に生きた痕跡にはほとんど目もくれない。
僕らは祖先の影をいつもあせって追いかけている。
その影は神々にも似て、はるか遠く
黄金の雲の上に突き出た山の頂を飾っている。
いつか国民にあがめたてられるだろうなどと
考えているような人間を、僕はまったく評価しない。
ああ、若者よ、君は神々に感謝するがいい。神々が君に
かくも早くこんなに多くのことを成し遂げさせたことを。

オレスト　もし神々が人間に楽しい仕事を授けてくださり

Daß er ein Unheil von den Seinen wendet,
Daß er sein Reich vermehrt, die Grenzen sichert,
Und alte Feinde fallen oder fliehn:
Dann mag er danken! denn ihm hat ein Gott
Des Lebens erste, letzte Lust gegönnt.
Mich haben sie zum Schlächter auserkoren,
Zum Mörder meiner doch verehrten Mutter,
Und, eine Schandtat schändlich rächend, mich
Durch ihren Wink zugrund' gerichtet. Glaube,
Sie haben es auf Tantals Haus gerichtet,
Und ich, der Letzte, soll nicht schuldlos, soll
Nicht ehrenvoll vergehn.

PYLADES. Die Götter rächen
Der Väter Missetat nicht an dem Sohn;
Ein jeglicher, gut oder böse, nimmt
Sich seinen Lohn mit seiner Tat hinweg.

それにより一族から不幸を取り除いたり
国土を広げ、国境を固めて
長年の敵を倒したり追い払ったりできるのなら
そのときは感謝するがよい！　なぜなら神が人間に
授けてくれたのは、人生の最初にして最後の喜びだからだ。
だが神々は僕を殺し屋に、
尊敬する母親の殺人者に選んだのだ。
そして僕の恥ずべき行為を恥ずべき仕方で復讐し、僕を
指示どおり破滅させてしまった。信じてくれ、
神々はタンタロス一族に狙いを定めたのだ。
その最後の生き残りである僕は、罪なくして死ぬことも
名誉に満ちて死ぬことも許されはしないのだ。

ピュラデス　　　　　　　　神々は
父親の悪行に対してその息子に復讐するなんてことはしない。
善人であれ、悪人であれ、人間は誰でも
自らの行為が原因で報いを受けるものだ。

Es erbt der Eltern Segen, nicht ihr Fluch.
OREST. Uns führt ihr Segen, dünkt mich, nicht hierher.
PYLADES. Doch wenigstens der hohen Götter Wille.
OREST. So ist's ihr Wille denn, der uns verderbt.
PYLADES. Tu, was sie dir gebieten, und erwarte.
Bringst du die Schwester zu Apollen hin,
Und wohnen beide dann vereint zu Delphi,
Verehrt von einem Volk, das edel denkt,
So wird für diese Tat das hohe Paar
Dir gnädig sein, sie werden aus der Hand
Der Unterird'schen dich erretten. Schon
In diesen heil'gen Hain wagt keine sich.
OREST. So hab' ich wenigstens geruh'gen Tod.
PYLADES. Ganz anders denk' ich, und nicht ungeschickt
Hab' ich das schon Geschehne mit dem Künft'gen
Verbunden und im stillen ausgelegt.

子に受け継がれるのは両親の祝福であって呪いではない。
オレスト　僕らをここへ連れてきたのが両親の祝福だとは僕には思えない。
ピュラデス　しかし少なくとも神々の意志だ。
オレスト　もしそうなら僕らを滅ぼすのが神々の意志なのだ。
ピュラデス　神々の命ずることを行なって待つのだ。
神アポロンのもとへ妹神のディアーナをお連れするのだ。
お二方が気高い国民から敬われれば
デルフォイ[†21]の神殿に一緒に住まわれることになる。
そうなれば君の行いを愛《め》でて、お二方は
君に情けをかけ、復讐の女神どもの手から
君を救い出してくれるだろう。もう
この神聖な森に入ってこようとする者はいない。
オレスト　そうなれば僕も安らかに死ねるだろう。
ピュラデス　まったく別のことを僕は考えている。そして巧みに、
すでに起こったことを未来のことに
結びつけ、ひそかに解釈を加えてみたのだ。

Vielleicht reift in der Götter Rat schon lange
Das große Werk. Diana sehnet sich
Von diesem rauhen Ufer der Barbaren
Und ihren blut'gen Menschenopfern weg.
Wir waren zu der schönen Tat bestimmt,
Uns wird sie auferlegt, und seltsam sind
Wir an der Pforte schon gezwungen hier.
Orest. Mit seltner Kunst flichtst du der Götter Rat
Und deine Wünsche klug in eins zusammen.
Pylades. Was ist des Menschen Klugheit, wenn sie nicht
Auf jener Willen droben achtend lauscht?
Zu einer schweren Tat beruft ein Gott
Den edeln Mann, der viel verbrach, und legt
Ihm auf, was uns unmöglich scheint, zu enden.
Es siegt der Held, und büßend dienet er
Den Göttern und der Welt, die ihn verehrt.

ひょっとすると神々の御心には、ずっと前から偉大な仕事を遂行する
機が熟していたのかもしれない。女神ディアーナは
野蛮人たちのこの荒れた海辺と
彼らの血塗られた人身御供から逃れることを切望されている。
僕らにはその素晴らしい仕事が義務づけられていたし
今もそれが課せられている。そして不思議なことに
僕らはすでにこの神殿の門まで引っ張ってこられたのだ。

オレスト　君はいっぷう変わったやり方で神々の御心と
君の願望を、賢く一つのものに編み合わせているのだな。

ピュラデス　神々の意志に注意深く耳を傾けないのなら
人間の賢明さなど何になるのだろう？
困難な行為のために神が呼び出すのは
多くの罪を犯した気高い男。神はその男に
不可能に思えることを課すのだ。
英雄は勝利し、罪をあがないながら
神々と世間に仕え、世間も彼を敬うことになる。

Orest. Bin ich bestimmt, zu leben und zu handeln,
So nehm' ein Gott von meiner schweren Stirn
Den Schwindel weg, der auf dem schlüpfrigen,
Mit Mutterblut besprengten Pfade fort
Mich zu den Toten reißt. Er trockne gnädig
Die Quelle, die, mir aus der Mutter Wunden
Entgegensprudelnd, ewig mich befleckt.
Pylades. Erwart' es ruhiger! Du mehrst das Übel
Und nimmst das Amt der Furien auf dich.
Laß mich nur sinnen, bleibe still! Zuletzt,
Bedarf's zur Tat vereinter Kräfte, dann
Ruf' ich dich auf, und beide schreiten wir
Mit überlegter Kühnheit zur Vollendung.
Orest. Ich hör' Ulyssen reden.
Pylades. Spotte nicht.
Ein jeglicher muß seinen Helden wählen,

オレスト　もし僕が生きて行動するよう定められているのなら
神よ、僕の重い額から
めまいを取り除いてくれないか。母の血が飛び散った
滑りやすい小道を通って、僕を死者たちのところへ
引き立てていくこのめまいを。神よ、
母の傷からほとばしり、永久に僕を血で染める
あの泉をどうか乾かしてくれないか。
ピュラデス　もっと落ち着いて待つのだ！　君は狂気の度を増して
復讐の女神どもの役目を自ら背負い込んでいる。
君は黙っていて、僕によく考えさせてくれ！　最後に
その行為のために協力が必要になったら
大声で君を呼ぶ。そして二人して進み
考え抜かれた大胆さで、事をやり遂げるのだ。
オレスト　まるでオデュッセウス[†22]が話しているようだな。
ピュラデス　　　　　　　　　　　　　　　　からかうな。
人は皆、自分の英雄を選ばねばならない。

Dem er die Wege zum Olymp hinauf
Sich nacharbeitet. Laß es mich gestehn:
Mir scheinet List und Klugheit nicht den Mann
Zu schänden, der sich kühnen Taten weiht.
Orest. Ich schätze den, der tapfer ist und grad.
Pylades. Drum hab' ich keinen Rat von dir verlangt.
Schon ist ein Schritt getan. Von unsern Wächtern
Hab' ich bisher gar vieles ausgelockt.
Ich weiß, ein fremdes, göttergleiches Weib
Hält jenes blutige Gesetz gefesselt:
Ein reines Herz und Weihrauch und Gebet
Bringt sie den Göttern dar. Man rühmet hoch
Die Gütige; man glaubet, sie entspringe
Vom Stamm der Amazonen, sei geflohn,
Um einem großen Unheil zu entgehn.
Orest. Es scheint, ihr lichtes Reich verlor die Kraft

その姿を仰ぎ見ながらオリュンポス[23]への道を
登っていくために。はっきり言わせてもらえれば
大胆な行為に身を捧げる男は
策略や巧妙さを用いても恥にはならないように思える。

オレスト　僕は勇敢で正直な者を尊敬する。

ピュラデス　だから僕は君に助言を求めなかったのだ。
もう最初の一歩は踏み出されている。僕らを見張る連中から
今までにずいぶんたくさんのことを聞き出してきた。
それでわかったのだが、神のような異邦人の女が
あの血塗られた掟を押しとどめているのだ。
純粋な心と香《こう》と祈りを
女は神々に捧げている。皆がたいそう
その優しい人を称えている。彼女は
アマゾン族[24]の出で、大きな災いから逃れるために
国を出てきたのだと言われている。

オレスト　どうやらその人の明るい世界も、僕という犯罪者が近づいたせいで

770

Durch des Verbrechers Nähe, den der Fluch
Wie eine breite Nacht verfolgt und deckt.
Die fromme Blutgier löst den alten Brauch
Von seinen Fesseln los, uns zu verderben.
Der wilde Sinn des Königs tötet uns:
Ein Weib wird uns nicht retten, wenn er zürnt.

PYLADES. Wohl uns, daß es ein Weib ist! denn ein Mann,
Der beste selbst, gewöhnet seinen Geist
An Grausamkeit und macht sich auch zuletzt
Aus dem, was er verabscheut, ein Gesetz,
Wird aus Gewohnheit hart und fast unkenntlich.
Allein ein Weib bleibt stet auf e i n e m Sinn,
Den sie gefaßt. Du rechnest sicherer
Auf sie im Guten wie im Bösen. – Still!
Sie kommt; laß uns allein. Ich darf nicht gleich
Ihr unsre Namen nennen, unser Schicksal

力を失ったみたいだ。この犯罪者は
大きな闇のような呪いに追われ、包み込まれているからな。
敬虔だが血を好む王の性質が、古くからのしきたりを
束縛から解き放ち、僕らを破滅させようとしている。
王の野蛮な心が僕たちを殺すのだ。
彼を怒らせば女は僕たちを救えないだろう。

ピュラデス　女だから僕たちには好都合なのだ！　男だったら
どんなに善良でも心が残忍さに
慣れてしまい、最後には自分が
嫌悪していたことを、掟にしてしまう。
習慣が男を別人のように冷酷にしてしまうのだ。
ところが女はいったんこうと決めたら
二度と自分の考えを変えない。女のほうが
良きにつけ悪しきにつけ信頼できるのだ。——静かに！
例の女が来る。あの人と二人きりにさせてくれ。すぐに
自分から名乗り出たり、僕たちの運命を

Nicht ohne Rückhalt ihr vertraun. Du gehst,
Und eh' sie mit dir spricht, treff' ich dich noch.

## ZWEITER AUFTRITT

Iphigenie. Pylades.

IPHIGENIE. Woher du seist und kommst, o Fremdling, sprich!
Mir scheint es, daß ich eher einem Griechen
Als einem Skythen dich vergleichen soll.
(Sie nimmt ihm die Ketten ab.)
Gefährlich ist die Freiheit, die ich gebe;
Die Götter wenden ab, was euch bedroht!
PYLADES. O süße Stimme! Vielwillkommner Ton
Der Muttersprach' in einem fremden Lande!
Des väterlichen Hafens blaue Berge

軽々しく打ち明けないようにしないと。君は行け。

僕はあの人が君と話す前に、また君に会いにゆくから。

## 第二場

イフィゲーニエとピュラデス

イフィゲーニエ　おお、異国の方、どこからおいでになったのですか、お話しください！

どうもスキタイ人というより
ギリシア人のようにお見受けしますが。

（ピュラデスの鎖を解く）

あなたに差し上げる自由は危険なものです。

あなたたちを脅《おびや》かしているものを神々が遠ざけてくださいますよう！

ピュラデス　おお、何と優しい声！　異国で聞く
母国語の何と懐かしい響き！

祖国の港の青い山々が

Seh' ich Gefangner neu willkommen wieder
Vor meinen Augen. Laß dir diese Freude
Versichern, daß auch ich ein Grieche bin!
Vergessen hab' ich einen Augenblick,
Wie sehr ich dein bedarf, und meinen Geist
Der herrlichen Erscheinung zugewendet.
O sage, wenn dir ein Verhängnis nicht
Die Lippe schließt, aus welchem unsrer Stämme
Du deine göttergleiche Herkunft zählst.

IPHIGENIE. Die Priesterin, von ihrer Göttin selbst
Gewählet und geheiligt, spricht mit dir.
Das laß dir gnügen; sage, wer du seist
Und welch unselig-waltendes Geschick
Mit dem Gefährten dich hierher gebracht.

PYLADES. Leicht kann ich dir erzählen, welch ein Übel
Mit lastender Gesellschaft uns verfolgt.

囚れ人の僕の眼前に、また新たな懐かしさで
浮かび上がってきます。この喜びは
隠しようがありません。僕もまたギリシア人なのです！
一瞬の間、どんなにあなたが必要か
忘れてしまい、素晴らしいお姿に
心を奪われておりました。
もし何かの宿命があなたの口を
塞いでいるのでなければ、どうか言ってください。
あなたの神のようなご素性は、ギリシアのどの一族なのでしょうか。

イフィゲーニエ　女神さまご自身によって選ばれ
清められた巫女があなたとお話しているのです。
それ以上お尋ねにならないでください。それよりあなたが誰で
どんな不幸な運命がお仲間とともにあなたを
ここにお連れすることになったのか話してください。

ピュラデス　どんな災いが僕らにつきまとい
のしかかっているかを、お話しするのはたやすいことです。

O könntest du der Hoffnung frohen Blick
Uns auch so leicht, du Göttliche, gewähren!
Aus Kreta sind wir, Söhne des Adrasts:
Ich bin der jüngste, Cephalus genannt,
Und er Laodamas, der älteste
Des Hauses. Zwischen uns stand rauh und wild
Ein mittlerer und trennte schon im Spiel
Der ersten Jugend Einigkeit und Lust.
Gelassen folgten wir der Mutter Worten,
Solang' des Vaters Kraft vor Troja stritt;
Doch als er beutereich zurücke kam
Und kurz darauf verschied, da trennte bald
Der Streit um Reich und Erbe die Geschwister.
Ich neigte mich zum Ältsten. Er erschlug
Den Bruder. Um der Blutschuld willen treibt
Die Furie gewaltig ihn umher.

ああ、それと同じようにたやすく、神のようなあなたが
喜ばしい希望のまなざしを僕らに与えてくだされたなら！
僕らはクレタ島の生まれ[†25]でアドラストスの息子です。
僕はいちばん下のケパロス。
連れの男はラオダマスといって一家の長男です。
僕らの間に粗野で乱暴な
真ん中の兄が一人おり、幼いころも
仲良く遊ぼうとせず、楽しみを邪魔しました。
父が力を尽くしてトロイアの城を攻めていた間は
僕らは母の言葉におとなしく従っていました。
しかし父がたくさんの戦利品を持って凱旋し
その後すぐに亡くなると、国や遺産をめぐる争いが起きて
たちまち兄弟の仲を引き裂いてしまいました。
僕はいちばん上の兄につきました。長兄は真ん中の兄を
打ち殺しました。この殺人の罪のせいで
復讐の女神が激しく兄を追い回しているのです。

Doch diesem wilden Ufer sendet uns
Apoll, der Delphische, mit Hoffnung zu.
Im Tempel seiner Schwester hieß er uns
Der Hilfe segensvolle Hand erwarten.
Gefangen sind wir und hierher gebracht
Und dir als Opfer dargestellt. Du weißt's.
IPHIGENIE. Fiel Troja? Teurer Mann, versichr' es mir.
PYLADES. Es liegt. O sichre du uns Rettung zu!
Beschleunige die Hilfe, die ein Gott
Versprach. Erbarme meines Bruders dich.
O sag' ihm bald ein gutes holdes Wort;
Doch schone seiner, wenn du mit ihm sprichst,
Das bitt' ich eifrig: denn es wird gar leicht
Durch Freud' und Schmerz und durch Erinnerung
Sein Innerstes ergriffen und zerrüttet.
Ein fieberhafter Wahnsinn fällt ihn an,

しかしデルフォイのアポロンの神は希望を与え
僕らをこの荒れた海辺へ送り届けました。
神アポロンは妹神の神殿で幸せな救いの手を
待つよう僕らに命じました。
僕らは捕らえられ、ここに連れてこられて
生け贄としてあなたに差し出されたのです。あなたもご存知の通り。

イフィゲーニエ　トロイアは陥落したのですか？　ねえ、あなた、本当にそうなのですか？

ピュラデス　トロイアは落ちました。ああ、どうか僕らに救いを保証してください！
神が約束された救いの手を
早めてください。僕の兄を哀れんでください。
ああ、どうか兄にすぐにも親切で優しい言葉をかけてやってください。
兄とお話しになるときには、どうかいたわってやってください。
切にお願いいたします。というのも
喜びや苦しみ、思い出によっていとも簡単に
兄の心の奥底がかき乱されるからです。
熱病のような妄想が兄を襲うと

Und seine schöne freie Seele wird
Den Furien zum Raube hingegeben.
IPHIGENIE. So groß dein Unglück ist, beschwör' ich dich:
Vergiß es, bis du mir genuggetan.
PYLADES. Die hohe Stadt, die zehen lange Jahre
Dem ganzen Heer der Griechen widerstand,
Liegt nun im Schutte, steigt nicht wieder auf.
Doch manche Gräber unsrer Besten heißen
Uns an das Ufer der Barbaren denken.
Achill liegt dort mit seinem schönen Freunde.
IPHIGENIE. So seid ihr Götterbilder auch zu Staub!
PYLADES. Auch Palamedes, Ajax Telamons,
Sie sahn des Vaterlandes Tag nicht wieder.
IPHIGENIE. Er schweigt von meinem Vater, nennt ihn nicht
Mit den Erschlagnen. Ja! er lebt mir noch!
Ich werd' ihn sehn. O hoffe, liebes Herz!

彼の美しい自由な魂は
復讐の女神どもの餌食になってしまうのです。

イフィゲーニエ　あなたのご不幸は大変なものでしょうが、切にお願いします。
わたしの知りたいことを話し終えるまでしばしそれをお忘れくださいますよう。

ピュラデス　十年間、ギリシアの全軍に
抵抗したトロイアの立派な都も
今は瓦礫の中に横たわり二度と立ち上がることはありません。
しかしギリシアの名将たちの多くの墓が
あの野蛮人[†26]の海辺に思いをはせるよう命じています。
アキレウスもあそこで親友[†27]とともに眠っています。

イフィゲーニエ　では神の似姿と思われた方々も亡くなられましたか！

ピュラデス　パラメデスもテラモンの子アイアスも[†28]
祖国の陽の光を二度と見ることはありませんでした。

イフィゲーニエ　この人はわたしの父のことは黙っている。殺された人たちの中に
父上の名はあがっていない。そうだ！　父上はまだ生きているのだ！
父上に会える。ああ、わが心よ、希望を持つがよい！

Pylades. Doch selig sind die Tausende, die starben
Den bittersüßen Tod von Feindes Hand!
Denn wüste Schrecken und ein traurig Ende
Hat den Rückkehrenden statt des Triumphs
Ein feindlich aufgebrachter Gott bereitet.
Kommt denn der Menschen Stimme nicht zu euch?
So weit sie reicht, trägt sie den Ruf umher
Von unerhörten Taten, die geschahn.
So ist der Jammer, der Mykenens Hallen
Mit immer wiederholten Seufzern füllt,
Dir ein Geheimnis? – Klytämnestra hat
Mit Hilf' Ägisthens den Gemahl berückt,
Am Tage seiner Rückkehr ihn ermordet! –
Ja, du verehrest dieses Königs Haus!
Ich seh' es, deine Brust bekämpft vergebens
Das unerwartet ungeheure Wort.

ピュラデス　しかし敵の手にかかって
ほろ苦い死を遂げた何千もの人びとはまだ幸せです！
というのは敵意に燃え、怒り狂ったある神が
帰国の途につく人々に勝利の代わりに
すさまじい恐怖と悲しい結末を用意したからです。
いったいあなたたちのところへは、人びとの声は伝わってこないのですか？
声が届く限り、ここで起きた前代未聞の行為が
うわさとなって広まっています。
それでは、絶えずくり返されるため息で
ミケーネの宮殿を満たしているあの痛ましい出来事が
あなたの耳には届いていないのですか？——クリュタイメストラは
アイギストスの助けを借りて、夫アガメムノンを欺き
帰国した日に殺してしまったのです！——
ああ、あなたはこの王家を尊敬しておられるのですね！
あなたの胸が予期せぬ恐ろしい言葉に
打ち勝とうとしながら、それを果たせないのがわかります。

Bist du die Tochter eines Freundes? bist
Du nachbarlich in dieser Stadt geboren?
Verbirg es nicht und rechne mir's nicht zu,
Daß ich der erste diese Greuel melde.

IPHIGENIE. Sag' an, wie ward die schwere Tat vollbracht?

PYLADES. Am Tage seiner Ankunft, da der König,
Vom Bad erquickt und ruhig, sein Gewand
Aus der Gemahlin Hand verlangend, stieg,
Warf die Verderbliche ein faltenreich
Und künstlich sich verwirrendes Gewebe
Ihm auf die Schultern, um das edle Haupt;
Und da er wie von einem Netze sich
Vergebens zu entwickeln strebte, schlug
Ägisth ihn, der Verräter, und verhüllt
Ging zu den Toten dieser große Fürst.

IPHIGENIE. Und welchen Lohn erhielt der Mitverschworne?

あなたは王家の友人のお嬢さまですか？　あなたは
ミネーケの近くでお生まれになったのですか？
隠さないでください。そしてこんな恐ろしい出来事を
僕が最初にお知らせしたことを責めないでください。

イフィゲーニエ　言ってください。その恐ろしい行為がどのように為されたのかを。

ピュラデス　帰国された日に王は湯浴《あ》みをされ
さっぱりして落ち着いた気分になられました。王が着物を
妻の手から受け取ろうと立ち上がられたとき
邪悪な王妃はひだの多い
わざともつれるように作られた着物を
王の肩に投げ、気高い頭をくるみました。
そして王が着物から逃れ出ようとして
むなしくもがいているところを
裏切り者のアイギストスが打ち殺したのです。そうして覆われたまま
この偉大な王は死者のもとに旅立ちました。

イフィゲーニエ　それでその共犯者はどんな報酬を得たのでしょう？

PYLADES. Ein Reich und Bette, das er schon besaß.
IPHIGENIE. So trieb zur Schandtat eine böse Lust?
PYLADES. Und einer alten Rache tief Gefühl.
IPHIGENIE. Und wie beleidigte der König sie?
PYLADES. Mit schwerer Tat, die, wenn Entschuldigung
Des Mordes wäre, sie entschuldigte.
Nach Aulis lockt' er sie und brachte dort,
Als eine Gottheit sich der Griechen Fahrt
Mit ungestümen Winden widersetzte,
Die ältste Tochter, Iphigenien,
Vor den Altar Dianens, und sie fiel,
Ein blutig Opfer, für der Griechen Heil.
Dies, sagt man, hat ihr einen Widerwillen
So tief ins Herz geprägt, daß sie dem Werben
Ägisthens sich ergab und den Gemahl
Mit Netzen des Verderbens selbst umschlang.

ピュラデス　王国とすでに彼がわがものにしていた寝床です。
イフィゲーニエ　情欲がこんな恥ずべき行為に走らせたのでしょうか？
ピュラデス　それと心の奥底にあった昔からの復讐心[†29]です。
イフィゲーニエ　王さまはどのようにしてお妃さまを傷つけたのでしょうか？
ピュラデス　ひどい行いで。もし殺人に弁解の余地があるのなら
王妃が罪を犯してもおかしくないほどの行為です。
神がギリシア軍の船の出発を
激しい風で妨げたとき
王はアウリスの港へとお妃を誘い出し
そこで長女のイフィゲーニエをディアーナの
祭壇に供えました。そうして彼女は亡くなりました。
ギリシア軍の幸運のための血塗られた生け贄でした。
うわさによれば、このことが深く王妃の心に
憎悪を刻みつけたといいます。そのため王妃は
アイギストスの求愛に身を委ね、夫である王に
破滅の網を自ら巻きつけたのです。

IPHIGENIE (sich verhüllend).
Es ist genug. Du wirst mich wiedersehn.
PYLADES (allein).
Von dem Geschick des Königshauses scheint
Sie tief gerührt. Wer sie auch immer sei,
So hat sie selbst den König wohl gekannt
Und ist, zu unserm Glück, aus hohem Hause
Hierher verkauft. Nur stille, liebes Herz,
Und laß dem Stern der Hoffnung, der uns blinkt,
Mit frohem Mut uns klug entgegensteuern.

# DRITTER AUFZUG

## ERSTER AUFTRITT

Iphigenie. Orest.

イフィゲーニエ（顔を覆って）　もうたくさんです。後ほどまたお目にかかりましょう。

ピュラデス（独白）　王家の運命にあの人は深く
心を動かされたようだ。あの人が誰であれ
王を直接知っていたに違いない。
そして僕たちにはありがたいことに、彼女は高貴な家の出で
ここに売られてきたのだ。いいか、わが心よ、落ち着くのだ。
僕らに瞬いている希望の星に向かって
明るく元気にうまく舵を取ってくれ。

# 第三幕

## 第一場

イフィゲーニエとオレスト

IPHIGENIE. Unglücklicher, ich löse deine Bande
Zum Zeichen eines schmerzlichern Geschicks.
Die Freiheit, die das Heiligtum gewährt,
Ist, wie der letzte lichte Lebensblick
Des schwer Erkrankten, Todesbote. Noch
Kann ich es mir und darf es mir nicht sagen,
Daß ihr verloren seid! Wie könnt' ich euch
Mit mörderischer Hand dem Tode weihen?
Und niemand, wer es sei, darf euer Haupt,
Solang' ich Priesterin Dianens bin,
Berühren. Doch verweigr' ich jene Pflicht,
Wie sie der aufgebrachte König fordert,
So wählt er eine meiner Jungfraun mir
Zur Folgerin, und ich vermag alsdann
Mit heißem Wunsch allein euch beizustehn.
O werter Landsmann! Selbst der letzte Knecht,

イフィゲーニエ　不幸な方、わたしはあなたの鎖を解きますが
これはもっと痛ましい運命の前兆です。
この神殿で与えられる自由は
重病人が発する最後の生命の輝きのようなもので
死の前触れなのです。わたしにはまだ
「あなたたちはおしまいだ」などと
考えることはできないし、考えてはならないのです！　どうして
残忍な手であなたたちを死に捧げたりできましょう？
またわたしがディアーナさまの巫女である限り
誰であろうとあなたたちの首に触れることは
許しません。でも激怒した王が要求する
義務を果たすことをわたしが拒めば
王さまはわたしのお付きの若い巫女たちの中から一人を選んで
わたしの後継者にするでしょう。そうなればわたしはもう
熱い願いでしかあなたたちを助けることができません。
ああ、親愛なる同国人よ！　祖先の神々を祀る

Der an den Herd der Vatergötter streifte,
Ist uns in fremdem Lande hoch willkommen:
Wie soll ich euch genug mit Freud' und Segen
Empfangen, die ihr mir das Bild der Helden,
Die ich von Eltern her verehren lernte,
Entgegenbringet und das innre Herz
Mit neuer, schöner Hoffnung schmeichelnd labet!
OREST. Verbirgst du deinen Namen, deine Herkunft
Mit klugem Vorsatz? oder darf ich wissen,
Wer mir, gleich einer Himmlischen, begegnet?
IPHIGENIE. Du sollst mich kennen. Jetzo sag' mir an,
Was ich nur halb von deinem Bruder hörte,
Das Ende derer, die, von Troja kehrend,
Ein hartes unerwartetes Geschick
Auf ihrer Wohnung Schwelle stumm empfing.
Zwar ward ich jung an diesen Strand geführt;

かまど[†30]のそばをさまよう下僕の末裔でさえも
異国で会えばとてもうれしいものです。
あなたたちを十分な喜びと祝福でどのように
お迎えすればいいのでしょう？　両親から敬うようにと教えられた
英雄たちの面影をあなたたちはもたらし
新しい美しい希望でわたしの心を
楽しく元気づけてくださるのですから！

オレスト　あなたが名前や素性を隠しておられるのは
深い考えがあってのことですか？　それとも僕の目の前の
天使のような人がどなたなのか教えてもらえるのでしょうか？

イフィゲーニエ　それはいずれお教えします。でも今は弟さまから
半分しか聞き出せなかったことをわたしにお話しください。
トロイアから帰ってわが家の敷居の上で
つらい予期せぬ運命に黙って迎えられた
あの方々の最期の様子が知りたいのです。
確かにわたしは若いころ、この海辺に連れてこられましたが

Doch wohl erinnr' ich mich des scheuen Blicks,
Den ich mit Staunen und mit Bangigkeit
Auf jene Helden warf. Sie zogen aus,
Als hätte der Olymp sich aufgetan
Und die Gestalten der erlauchten Vorwelt
Zum Schrecken Ilions herabgesendet,
Und Agamemnon war vor allen herrlich!
O sage mir! er fiel, sein Haus betretend,
Durch seiner Frauen und Ägisthens Tücke?

OREST. Du sagst's!

IPHIGENIE. Weh dir, unseliges Mycen!
So haben Tantals Enkel Fluch auf Fluch
Mit vollen wilden Händen ausgesät!
Und, gleich dem Unkraut, wüste Häupter schüttelnd
Und tausendfält'gen Samen um sich streuend,
Den Kindeskindern nahverwandte Mörder

今でもまだよく覚えているのは、驚きと不安で
あの英雄たちを見上げていたときの
内気なまなざしです。英雄たちの出陣は
まるでオリュンポスの山がぐっと開けて
高貴な太古の神々が
トロイアを攻めるために地上に下りてこられたかのようでした。
とりわけアガメムノン王は見事なお姿でした！
ああ、どうかお話しください！　王は家に帰ったものの
妻とアイギストスの陰謀によって殺されたのですか？

オレスト　そのとおりです！

イフィゲーニエ　ああ、痛ましい、不幸なミケーネの町よ！
そうしてタンタロスの子孫[†31]は呪いの上に呪いを
荒々しいその手でふんだんにまいたのです！
そして毒草が醜い頭を揺すって
何千倍もの種を自分の周りにまき散らすように
近しい身内の殺し合いが子々孫々に至るまで続き

Zur ew'gen Wechselwut erzeugt! Enthülle,
Was von der Rede deines Bruders schnell
Die Finsternis des Schreckens mir verdeckte.
Wie ist des großen Stammes letzter Sohn,
Das holde Kind, bestimmt, des Vaters Rächer
Dereinst zu sein, wie ist Orest dem Tage
Des Bluts entgangen? Hat ein gleich Geschick
Mit des Avernus Netzen ihn umschlungen?
Ist er gerettet? Lebt er? Lebt Elektra?
OREST. Sie leben.
IPHIGENIE. Goldne Sonne, leihe mir
Die schönsten Strahlen, lege sie zum Dank
Vor Jovis Thron! denn ich bin arm und stumm.
OREST. Bist du gastfreundlich diesem Königshause,
Bist du mit nähern Banden ihm verbunden,
Wie deine schöne Freude mir verrät,

永遠に怒りの連鎖を生み出してきたのです！　聞かせてください、
弟さまの話の中で、恐怖の闇が
すばやくわたしから覆い隠してしまったことを。
偉大な王家の最後の息子、
いつかは父の復讐をするよう定められている
優しい子どものオレストは、どうやって血塗られた
日々から抜け出したのでしょう？　同じ運命が
地獄の網[†32]でオレストを包み込んだのでしょうか？
彼は助けられたのですか？　生きているのですか？　それにエレクトラは？

オレスト　二人とも生きています。

イフィゲーニエ　黄金の太陽よ、どうかわたしに
いちばん美しい光を貸し与え、それを感謝のしるしに
ゼウスの玉座に捧げてください！　わたしは貧しく、ものも言えないから。

オレスト　あなたがミケーネの王家から厚くもてなされ、
親しい絆で結ばれていることは
あなたのお喜びの様子でうかがい知れます。

So bändige dein Herz und halt es fest!
Denn unerträglich muß dem Fröhlichen
Ein jäher Rückfall in die Schmerzen sein.
Du weißt nur, merk' ich, Agamemnons Tod.
IPHIGENIE. Hab' ich an dieser Nachricht nicht genug?
OREST. Du hast des Greuels Hälfte nur erfahren.
IPHIGENIE. Was fürcht' ich noch? Orest, Elektra leben.
OREST. Und fürchtest du für Klytämnestren nichts?
IPHIGENIE. Sie rettet weder Hoffnung, weder Furcht.
OREST. Auch schied sie aus dem Land der Hoffnung ab.
IPHIGENIE. Vergoß sie reuig wütend selbst ihr Blut?
OREST. Nein, doch ihr eigen Blut gab ihr den Tod.
IPHIGENIE. Sprich deutlicher, daß ich nicht länger sinne.
Die Ungewißheit schlägt mir tausendfältig
Die dunkeln Schwingen um das bange Haupt.
OREST. So haben mich die Götter ausersehn

それならばどうか感情を抑え、気を引き締めてください！
というのは今喜んだ人が突然また
悲しみの中に引き戻されるのは耐え難いことに違いないからです。
アガメムノンの死までしかご存じないようですね。

イフィゲーニエ　そのことを伺っただけではまだ十分でないのですか？

オレスト　あなたは恐ろしい出来事のまだ半分しかお聞きになっていないのです。

イフィゲーニエ　まだほかに何か？　オレストとエレクトラは生きているのに。

オレスト　クリュタイメストラのことは心配なさらないのですか？

イフィゲーニエ　希望も恐怖もあの人を救いはしません。

オレスト　確かに彼女は希望の国から去っていきました。

イフィゲーニエ　悔いて荒れ狂い、自ら血を流したのですか？

オレスト　違います。でも彼女自身の血で死を与えられたのです。

イフィゲーニエ　これ以上混乱させないようにもっとはっきり言ってください。
不確かなままでいることが、この不安な頭の周りで
黒い翼を千倍も打ち震わせているのですから。

オレスト　やはり神々はあの行為を伝える使者として

Zum Boten einer Tat, die ich so gern
Ins klanglos-dumpfe Höhlenreich der Nacht
Verbergen möchte? Wider meinen Willen
Zwingt mich dein holder Mund; allein er darf
Auch etwas Schmerzlichs fordern und erhält's.
Am Tage, da der Vater fiel, verbarg
Elektra rettend ihren Bruder: Strophius,
Des Vaters Schwäher, nahm ihn willig auf,
Erzog ihn neben seinem eignen Sohne,
Der, Pylades genannt, die schönsten Bande
Der Freundschaft um den Angekommnen knüpfte.
Und wie sie wuchsen, wuchs in ihrer Seele
Die brennende Begier, des Königs Tod
Zu rächen. Unversehen, fremd gekleidet,
Erreichen sie Mycen, als brächten sie
Die Trauernachricht von Orestens Tode

僕を選んだのだろうか？　あのことだけは
音も響かぬ、むっとするような闇の洞窟に
隠しておきたいと思っていたのに。心ならずも
あなたの優しいお言葉が僕に話すよう強いています。その言葉だけが
つらいことでも語らせ、様子をわからせるのです。
父のアガメムノン王が死んだ日にエレクトラは
弟のオレストを救い出して隠しました。父の義兄弟である
ストロピオスが彼を快く引き取り
自分の息子と一緒に育てました。
息子はピュラデスといい、新しく家に来た者と
このうえなく美しい友情の絆を結びました。
二人が成長するにつれて二人の心の中には
王の死に対して復讐したいという燃えるような欲求が
高まっていきました。異邦人の衣をまとい突然
二人はミケーネに姿を現し、オレストが死んだという知らせを
遺灰とともに持ってきたかのように

Mit seiner Asche. Wohl empfänget sie
Die Königin; sie treten in das Haus.
Elektren gibt Orest sich zu erkennen;
Sie bläst der Rache Feuer in ihm auf,
Das vor der Mutter heil'ger Gegenwart
In sich zurückgebrannt war. Stille führt
Sie ihn zum Orte, wo sein Vater fiel,
Wo eine alte leichte Spur des frech
Vergoßnen Blutes oft gewaschnen Boden
Mit blassen ahndungsvollen Streifen färbte.
Mit ihrer Feuerzunge schilderte
Sie jeden Umstand der verruchten Tat,
Ihr knechtisch elend durchgebrachtes Leben,
Den Übermut der glücklichen Verräter
Und die Gefahren, die nun der Geschwister
Von einer stiefgewordnen Mutter warteten. –

装いました。王妃クリュタイメストラは
喜んで二人を迎え、彼らは王宮に入りました。
オレストはエレクトラに正体を明かし
エレクトラはオレストの心に復讐の炎を煽り立てました。
この炎は母親の神々しい姿がいつも目の前にあるので
エレクトラの心の中で弱まっていたのです。ひそかに彼女は
オレストを父が死んだ場所に連れてゆきました。
そこには破廉恥に流された血の古いかすかな痕跡が
何度も洗われてきた床の上に
色あせた不吉な縞《しま》模様を今なお残していました。
熱い口調でエレクトラは
あの邪悪な行為の状況をこと細かに話しました。
下僕のようにみじめに過ごしてきた自分の生活、
幸せな裏切り者であるクリュタイメストラとアイギストスの高慢さ、
そして今や継母となってしまった母から
この姉弟《きょうだい》が受けるであろう危険、などを語って聞かせました。——

Hier drang sie jenen alten Dolch ihm auf,
Der schon in Tantals Hause grimmig wütete,
Und Klytämnestra fiel durch Sohnes Hand.

IPHIGENIE. Unsterbliche, die ihr den reinen Tag
Auf immer neuen Wolken selig lebet,
Habt ihr nur darum mich so manches Jahr
Von Menschen abgesondert, mich so nah
Bei euch gehalten, mir die kindliche
Beschäftigung, des heil'gen Feuers Glut
Zu nähren aufgetragen, meine Seele
Der Flamme gleich in ew'ger frommer Klarheit
Zu euern Wohnungen hinaufgezogen,
Daß ich nur meines Hauses Greuel später
Und tiefer fühlen sollte? – Sage mir
Vom Unglücksel'gen! Sprich mir von Orest! –

OREST. O könnte man von seinem Tode sprechen!

ここで彼女は、すでにタンタロス一族の間で残忍に荒れ狂った
あの古い短剣をオレストの手に握らせました。
こうしてクリュタイメストラは息子の手にかかって倒れたのです。

イフィゲーニエ　いつも新しい雲の上で清らかな日を
幸せに送っておられる神々よ、
あなた方は長い年月の間
わたしを人間から遠ざけて
あなた方のそばに置き、わたしに
神聖に輝く炎を守るという素朴な仕事を
授けてくださいました。わたしの魂を
その炎のように永遠に澄んだ清らかさの中で
あなた方の住まいへと引き上げてくださいました。
それもただわが家に起きた残虐な出来事を、後から
もっと深く感じてほしいと思われたからでしょうか？——話してください、
不幸な人のことを！　話してください、オレストのことを！——

オレスト　ああ、オレストは死んだと言えればいいのだが！

Wie gärend stieg aus der Erschlagnen Blut
Der Mutter Geist
Und ruft der Nacht uralten Töchtern zu:
»Laßt nicht den Muttermörder entfliehn!
Verfolgt den Verbrecher! Euch ist er geweiht!«
Sie horchen auf, es schaut ihr hohler Blick
Mit der Begier des Adlers um sich her.
Sie rühren sich in ihren schwarzen Höhlen,
Und aus den Winkeln schleichen ihre Gefährten,
Der Zweifel und die Reue, leis herbei.
Vor ihnen steigt ein Dampf vom Acheron;
In seinen Wolkenkreisen wälzet sich
Die ewige Betrachtung des Geschehnen
Verwirrend um des Schuld'gen Haupt umher.
Und sie, berechtigt zum Verderben, treten
Der gottbesäten Erde schönen Boden,

殴り殺された母の血から湧きあがるように
母の霊が立ちのぼり
復讐の女神たちに呼びかけました。
「母殺しの男を逃がすな！
犯罪者を追いかけろ！　やつはおまえたちへの捧げ物だ！」
復讐の女神たちは耳をそばだて、うつろなその眼は
鷲のような貪欲さであたりを見回しました。
彼女らは自分たちの暗い洞窟の中でうごめき
隅々から仲間である「疑い」と「後悔」が
こっそり忍び寄ってきました。
復讐の女神たちの前に三途の川のもやが立ちのぼります。
そのもやの渦巻く中に
出来事を見つめる永遠のまなざしが
罪びとの頭の周りをうろたえながら駆け巡るのです。
そして彼女らは殺す権利を得て
この恵み豊かな美しい大地に足を踏み入れます。

Von dem ein alter Fluch sie längst verbannte.
Den Flüchtigen verfolgt ihr schneller Fuß:
Sie geben nur, um neu zu schrecken, Rast.

IPHIGENIE. Unseliger, du bist in gleichem Fall
Und fühlst, was er, der arme Flüchtling, leidet!

OREST. Was sagst du mir? Was wähnst du gleichen Fall?

IPHIGENIE. Dich drückt ein Brudermord wie jenen; mir
Vertraute dies dein jüngster Bruder schon.

OREST. Ich kann nicht leiden, daß du große Seele
Mit einem falschen Wort betrogen werdest.
Ein lügenhaft Gewebe knüpf ein Fremder
Dem Fremden, sinnreich und der List gewohnt,
Zur Falle vor die Füße; zwischen uns
Sei Wahrheit!
Ich bin Orest! und dieses schuld'ge Haupt
Senkt nach der Grube sich und sucht den Tod:

古い呪いがとうの昔にそこから彼女らを追い払っていたにもかかわらず。
復讐の女神たちは足早にオレストを追いかけます。
休息を与えるように見せても、それはただ、また新たに脅すためなのです。
イフィゲーニエ　不幸な人、あなたも同じ身の上なので
哀れな逃亡者の悩みがよくおわかりなのです！
オレスト　何を言われるのですか？　同じ身の上とは何を思われてのことですか？
イフィゲーニエ　あなたにもあの方のように兄弟殺しの罪業がのしかかっています。
わたしに末の弟さまがすでに打ち明けてくださいました。
オレスト　あなたのような気高いお方が
偽りの言葉でだまされるのは我慢なりません。
知らない者同士なら、才気あふれ策略にも慣れた
他者に対して、足元に罠《わな》を仕掛けるために
嘘の網を編むやもしれません。でもわれわれの間には
真実がなくてはいけません！
僕はオレストです！　そしてこの罪を犯した頭は
墓穴を覗き込んで死を求めているのです。

In jeglicher Gestalt sei er willkommen!
Wer du auch seist, so wünsch' ich Rettung dir
Und meinem Freunde; mir wünsch ich sie nicht.
Du scheinst hier wider Willen zu verweilen:
Erfindet Rat zur Flucht und laßt mich hier.
Es stürze mein entseelter Leib vom Fels,
Es rauche bis zum Meer hinab mein Blut
Und bringe Fluch dem Ufer der Barbaren!
Geht ihr, daheim im schönen Griechenland
Ein neues Leben freundlich anzufangen.

(Er entfernt sich.)

IPHIGENIE. So steigst du denn, Erfüllung, schönste Tochter
Des größten Vaters, endlich zu mir nieder!
Wie ungeheuer steht dein Bild vor mir!
Kaum reicht mein Blick dir an die Hände, die,
Mit Frucht und Segenskränzen angefüllt,

死がどんな姿をしていようと歓迎します！
あなたが誰であろうと僕はあなたと僕の友人が
救われることを願います。でも自分自身には救いを望みません。
あなたは心ならずもここにおいでのご様子です。
逃げるための手段を考え出し、僕はここに残してください。
魂の抜けた僕の体など岩から落ちればいい。
僕の血は海にまで煙を立ち上げて落ちてゆき
野蛮人の海辺に呪いをもたらすがよい。
あなたたちは美しいギリシアにお帰りなさい。
新しい人生を楽しく始めるために。

（オレストは立ち去る）

イフィゲーニエ　もっとも偉大な神ゼウスのもっとも美しい娘[†33]よ、
あなたは願いをかなえるべく、とうとうわたしのもとに下りてきてくださいました！
わたしの前に立つお姿の何と巨大なことでしょう！
わたしの眼はあなたの御手にもほとんど届きませんが
その手は果実や祝福の花輪をいっぱい持って

Die Schätze des Olympus niederbringen.
Wie man den König an dem Übermaß
Der Gaben kennt – denn ihm muß wenig scheinen,
Was Tausenden schon Reichtum ist –, so kennt
Man euch, ihr Götter, an gesparten, lang'
Und weise zubereiteten Geschenken.
Denn ihr allein wißt, was uns frommen kann,
Und schaut der Zukunft ausgedehntes Reich,
Wenn jedes Abends Stern- und Nebelhülle
Die Aussicht uns verdeckt. Gelassen hört
Ihr unser Flehn, das um Beschleunigung
Euch kindisch bittet; aber eure Hand
Bricht unreif nie die goldnen Himmelsfrüchte,
Und wehe dem, der, ungeduldig sie
Ertrotzend, saure Speise sich zum Tod
Genießt. O laßt das lang' erwartete,

オリュンポスの宝物をこの地上に運び降ろしています。
おびただしい数の贈り物で王さまからだとすぐにわかります——
というのも王さまにはささいなものに見えても
多くの者にとっては富だからです——
神々よ、あなた方が神々だとわかるのは、今まで長らく蓄えられ
賢く用意されてきた贈り物によってなのです。
なぜなら神々だけが、何がわたしたちの役に立つかをご存知で
夜ごと星や霧のとばりが
わたしたちの視界を遮るときでさえ
未来に大きく広がる国を見通しておられるからです。
わたしたちが無邪気に急《せ》かして懇願するのを
神々は平然と聞き流しておられます。神々は決して
熟していない黄金の天の果実の枝を折り取ったりはしません。
辛抱しきれずもぎ取り、すっぱい果実を食べて
死んでいく者こそ哀れです。
ああ、今まで待ちに待った、

Noch kaum gedachte Glück nicht, wie den Schatten
Des abgeschiednen Freundes eitel mir
Und dreifach schmerzlicher vorübergehn!

OREST (tritt wieder zu ihr).
Rufst du die Götter an für dich und Pylades,
So nenne meinen Namen nicht mit eurem.
Du rettest den Verbrecher nicht, zu dem
Du dich gesellst, und teilest Fluch und Not.

IPHIGENIE. Mein Schicksal ist an deines fest gebunden.

OREST. Mit nichten! Laß allein und unbegleitet
Mich zu den Toten gehn. Verhülltest du
In deinen Schleier selbst den Schuldigen:
Du birgst ihn nicht vorm Blick der immer Wachen,
Und deine Gegenwart, du Himmlische,
Drängt sie nur seitwärts und verscheucht sie nicht.
Sie dürfen mit den ehrnen frechen Füßen

予想もできなかった幸せを、死んだ友のまぼろし[†34]のように
むなしくわたしのかたわらをすり抜けさせないでください！
それで三倍ものつらい思いをさせるなんてことはやめてください！

オレスト（またイフィゲーニエに歩み寄って）
ご自分とピュラデスのために神々に呼びかけることがあっても
僕の名はどうか一緒に名乗らないでください。
犯罪者を救うことはあなたにはできません。あなたはただ
その仲間に加わって、呪いと苦しみを分かち持つだけです。

イフィゲーニエ　わたしの運命はあなたの運命に固く結びつけられているのです。

オレスト　とんでもない！　一人にして、誰にも付き添われず
死者のところに行かせてください。あなたが
あなたのヴェールで罪びとを覆ったとしても
絶えず見張っている復讐の女神たちのまなざしから隠せるわけではありません。
天使のようなお方、あなたがおられても
女神たちを脇にやるだけで、追い払うことはできません。
彼女らも厚かましいその鉄の足を

Des heil'gen Waldes Boden nicht betreten;
Doch hör' ich aus der Ferne hier und da
Ihr gräßliches Gelächter. Wölfe harren
So um den Baum, auf den ein Reisender
Sich rettete. Da draußen ruhen sie
Gelagert; und verlass' ich diesen Hain,
Dann steigen sie, die Schlangenhäupter schüttelnd,
Von allen Seiten Staub erregend auf
Und treiben ihre Beute vor sich her.

Iphigenie. Kannst du, Orest, ein freundlich Wort vernehmen?

Orest. Spar' es für einen Freund der Götter auf.

Iphigenie. Sie geben dir zu neuer Hoffnung Licht.

Orest. Durch Rauch und Qualm seh' ich den matten Schein
Des Totenflusses mir zur Hölle leuchten.

Iphigenie. Hast du Elektren, eine Schwester nur?

Orest. Die eine kannt' ich; doch die ältste nahm

神聖な森の境内に踏み入れることはできません。
しかし僕には遠くのあちこちから
女神たちのぞっとするような笑い声が聞こえてきます。狼どもは
旅人が避難した木の周りでこんなふうに
待ち受けているものです。復讐の女神たちは表に陣取って
休んでいます。僕がこの森から出たならば
そのときには女神たちは蛇の頭《こうべ》を揺すり
四方八方から塵を巻き上げながら現れ出て
自分たちの獲物を追いかけるのです。

イフィゲーニエ　オレスト、あなたには優しい言葉が聞こえないのですか？

オレスト　優しい言葉は神々の友のために取っておいてください。

イフィゲーニエ　神々は新たな希望の光をあなたに与えてくださいます。

オレスト　煙ともやの向こうに、死者の川の鈍い輝きが
地獄へ行く道を照らし出してくれています。

イフィゲーニエ　あなたにはお姉さんは一人、エレクトラだけだったのですか？

オレスト　直接知っているのはエレクトラだけです。いちばん上の姉は

Ihr gut Geschick, das uns so schrecklich schien,
Beizeiten aus dem Elend unsers Hauses.
O laß dein Fragen und geselle dich
Nicht auch zu den Erinnyen; sie blasen
Mir schadenfroh die Asche von der Seele
Und leiden nicht, daß sich die letzten Kohlen
Von unsers Hauses Schreckensbrande still
In mir verglimmen. Soll die Glut denn ewig,
Vorsätzlich angefacht, mit Höllenschwefel
Genährt, mir auf der Seele marternd brennen?
IPHIGENIE. Ich bringe süßes Rauchwerk in die Flamme.
O laß den reinen Hauch der Liebe dir
Die Glut des Busens leise wehend kühlen.
Orest, mein Teurer, kannst du nicht vernehmen?
Hat das Geleit der Schreckensgötter so
Das Blut in deinen Adern aufgetrocknet?

僕らの目には恐ろしく見えた幸運のおかげで
早いうちにわが家の不幸から逃れ出ました。
ああ、聞くのはもうやめてください。あなたまで
復讐の女神たちの一員にならなくていいでしょう。彼女らは
他人の不幸を喜びながら僕の心から灰を吹き払い
わが家で恐怖の炎を放つ最後の燠火《おきび》が
僕の中で静かに消えてゆくのを許そうとしないのです。
いったいこの炎はわざと煽られ
地獄の硫黄をくべられて僕をさいなみながら
永久にこの魂の上で燃え続けるのでしょうか？

イフィゲーニエ　その炎に甘いお香をくべて差し上げましょう。
ああ、愛の清らかな香りがひそかに流れて
あなたの心の炎を冷ましてくれますように。
オレスト、わたしの大切な人よ、聞こえないのですか？
復讐の女神たちにつきまとわれて
あなたの血管の血は乾ききってしまったのですか？

Schleicht, wie vom Haupt der gräßlichen Gorgone,
Versteinernd dir ein Zauber durch die Glieder?
O wenn vergoßnen Mutterblutes Stimme
Zur Höll' hinab mit dumpfen Tönen ruft,
Soll nicht der reinen Schwester Segenswort
Hilfreiche Götter vom Olympus rufen?

Orest. Es ruft! es ruft! So willst du mein Verderben?
Verbirgt in dir sich eine Rachegöttin?
Wer bist du, deren Stimme mir entsetzlich
Das Innerste in seinen Tiefen wendet?

Iphigenie. Es zeigt sich dir im tiefsten Herzen an:
Orest, ich bin's! Sieh Iphigenien!
Ich lebe!

Orest. Du!

Iphigenie. Mein Bruder!

Orest. Laß! Hinweg!

恐ろしいメドゥサ[†35]の頭が放つような魔力が
あなたの手足に忍び入り、石に変えてしまったのですか？
ああ、流された母の血の声が
鈍い響きで地獄へと誘《いざな》うなら
清らかな姉の祝福の言葉が
オリュンポスの親切な神々を呼び寄せられないものでしょうか？

オレスト　呼んでいる！　呼んでいる！　あなたも僕の破滅を望んでいるのですか？
あなたの中にも復讐の女神が隠れているのですか？
誰なのですあなたは？　僕の心の奥底を
その声で恐ろしく揺り動かすのは？

イフィゲーニエ　あなたの心の奥底まで届いているはずです。
オレスト、わたしです！　イフィゲーニエです！
わたしは生きています！

オレスト　あなたが！

イフィゲーニエ　弟よ！

オレスト　放せ！　あっちへ行け！

Ich rate dir, berühre nicht die Locken!
Wie von Kreusas Brautkleid zündet sich
Ein unauslöschlich Feuer von mir fort.
Laß mich! Wie Herkules will ich Unwürd'ger
Den Tod voll Schmach, in mich verschlossen, sterben.
IPHIGENIE. Du wirst nicht untergehn! O daß ich nur
Ein ruhig Wort von dir vernehmen könnte!
O löse meine Zweifel, laß des Glückes,
Des lang' erflehten, mich auch sicher werden.
Es wälzet sich ein Rad von Freud' und Schmerz
Durch meine Seele. Von dem fremden Manne
Entfernet mich ein Schauer; doch es reißt
Mein Innerstes gewaltig mich zum Bruder.
OREST. Ist hier Lyäens Tempel? und ergreift
Unbändig-heil'ge Wut die Priesterin?
IPHIGENIE. O höre mich! O sieh mich an, wie mir

お願いです、僕の髪には触らないでください！
クレウザの花嫁衣裳[†36]と同じように、僕の体からは
消しがたい火が出て燃え移るのです。
放してください！　ろくでなしの僕はヘラクレスのように[†37]
たった一人で恥辱に満ちた死を遂げたいのです。

イフィゲーニエ　死んではいけません！　ああ、あなたから
一言でいいから安らかな言葉を聞かせてもらえたら！
ああ、わたしの疑念を晴らしてください！　長い間
待ち望んできた幸せを確かなものにしてください！
わたしの心の中を喜びと苦しみの一つの輪が
転げまわっています。異邦人の男からは
恐れがわたしを遠ざけます。でも弟ならば
わたしは心の奥底から激しく引き寄せられるのです。

オレスト　ここは酒の神バッカスの神殿[†38]なのですか？　この巫女は
奔放で神聖な熱狂にでもとらわれているのですか？

イフィゲーニエ　ああ、どうか聞いて！　わたしをご覧なさい！

Nach einer langen Zeit das Herz sich öffnet
Der Seligkeit, dem Liebsten, was die Welt
Noch für mich tragen kann, das Haupt zu küssen,
Mit meinen Armen, die den leeren Winden
Nur ausgebreitet waren, dich zu fassen!
O laß mich! Laß mich! Denn es quillet heller
Nicht vom Parnaß die ew'ge Quelle sprudelnd
Von Fels zu Fels ins goldne Tal hinab,
Wie Freude mir vom Herzen wallend fließt
Und wie ein selig Meer mich rings umfängt.
Orest! Orest! Mein Bruder!

OREST. Schöne Nymphe,
Ich traue dir und deinem Schmeicheln nicht.
Diana fordert strenge Dienerinnen
Und rächet das entweihte Heiligtum.
Entferne deinen Arm von meiner Brust!

長い年月の末、無上の幸福に
わたしの心は開かれようとしています。
この世がまだわたしのために連れてくることができる
最愛の人の頭にキスをして、空っぽの風にしか広げてこなかった
わたしの両腕であなたを抱こうとしているのです！
わたしに任せて！　好きにさせて！　パルナソス[†39]の山からは
永遠の泉が湧き出て岩から岩へと伝い
黄金の谷へと落ちてゆきます。その水よりも明るく
喜びがわたしの心から湧き立ち、流れ
幸せの海がわたしを取り巻いているのですもの。
オレスト！　オレスト！　わたしの弟！

オレスト　　美しい森の精よ
あなたにもあなたの媚びにも僕は心を許しはしません。
ディアーナは純潔な女性を求めておられ
神殿を汚《けが》したりすれば復讐するはずです。
この腕を僕の胸から離してください！

Und wenn du einen Jüngling rettend lieben,
Das schöne Glück ihm zärtlich bieten willst,
So wende meinem Freunde dein Gemüt,
Dem würd'gern Manne, zu. Er irrt umher
Auf jenem Felsenpfade: such' ihn auf,
Weis ihn zurecht und schone meiner.

IPHIGENIE. Fasse
Dich, Bruder, und erkenne die Gefundne!
Schilt einer Schwester reine Himmelsfreude
Nicht unbesonnene, strafbare Lust.
O nehmt den Wahn ihm von dem starren Auge,
Daß uns der Augenblick der höchsten Freude
Nicht dreifach elend mache! Sie ist hier,
Die längst verlorne Schwester. Vom Altar
Riß mich die Göttin weg und rettete
Hierher mich in ihr eigen Heiligtum.

若い男を救って愛してやろう、
素晴らしい幸せを優しく授けてやろう、と思われるのなら
僕の友だちに心を向けてください。
僕よりもふさわしい男に。向こうの崖の小道を
彼は今、さまよっています。彼を探し出して
正しい道を示してやり、僕のことは放っておいてください。

イフィゲーニエ
しっかりしなさい、
弟よ、今見つかった姉がわからないのですか！
姉の抱《いだ》いている汚れない天上の喜びを
罪深い情欲などと軽はずみにののしらないでください。
ああ、神々よ、弟のこわばった眼から妄想を取り払ってください！
このうえない喜びの瞬間が、わたしたちにとって
三倍もみじめなものにならないように。ここにいるのは姉です。
ずっと昔にいなくなった姉です。祭壇から
女神さまがわたしを取り上げ、命を救って
ご自分の神殿に連れてきてくださったのです。

Gefangen bist du, dargestellt zum Opfer,
Und findest in der Priesterin die Schwester.
Orest. · Unselige! So mag die Sonne denn
Die letzten Greuel unsers Hauses sehn!
Ist nicht Elektra hier, damit auch sie
Mit uns zugrunde gehe, nicht ihr Leben
Zu schwererem Geschick und Leiden friste?
Gut, Priesterin! ich folge zum Altar:
Der Brudermord ist hergebrachte Sitte
Des alten Stammes; und ich danke, Götter,
Daß ihr mich ohne Kinder auszurotten
Beschlossen habt. Und laß dir raten, habe
Die Sonne nicht zu lieb und nicht die Sterne;
Komm, folge mir ins dunkle Reich hinab!
Wie sich vom Schwefelpfuhl erzeugte Drachen,
Bekämpfend die verwandte Brut, verschlingen,

あなたは捕らえられ、生け贄に差し出され、
そこで巫女となったあなたの姉に出会ったのです。

オレスト　不幸な女よ！　そうとあれば太陽も
わが一族の恐ろしい最後をご覧あれ！
エレクトラはここにいないのですか？　ここにいればエレクトラも
僕らとともに滅びるだろうから、露命をつないで
もっと困難な運命や苦しみにさらされることもなくなるでしょう。
いいでしょう、巫女殿！　祭壇までお供しましょう。
兄弟殺し[†40]は古きタンタロス一族の
古くからのしきたりです。この僕を子どものないまま
滅ぼすと決めてくださったことに対して
神々に感謝します。どうか素直に助言に従ってください。
太陽や星を愛し過ぎないことです。
僕について黄泉《よみ》の国へ下りてきてください！
硫黄の池から生まれた龍どもが
骨肉相食《こつにくあいは》み、共食いを続けるように

Zerstört sich selbst das wütende Geschlecht:
Komm kinderlos und schuldlos mit hinab!
Du siehst mich mit Erbarmen an? Laß ab!
Mit solchen Blicken suchte Klytämnestra
Sich einen Weg nach ihres Sohnes Herzen;
Doch sein geschwungner Arm traf ihre Brust.
Die Mutter fiel! – Tritt auf, unwill'ger Geist!
Im Kreis geschlossen tretet an, ihr Furien,
Und wohnet dem willkommnen Schauspiel bei,
Dem letzten, gräßlichsten, das ihr bereitet!
Nicht Haß und Rache schärfen ihren Dolch;
Die liebevolle Schwester wird zur Tat
Gezwungen. Weine nicht! Du hast nicht schuld.
Seit meinen ersten Jahren hab' ich nichts
Geliebt, wie ich dich lieben könnte, Schwester.
Ja, schwinge deinen Stahl, verschone nicht,

この荒れ狂う一族は互いに滅ぼしあってゆくのです。
さあ、子孫もなく罪もなくともに下ってゆきましょう！
あなたは僕を哀れみのまなざしで見つめておられるのですか？　やめてください！
そうした目つきでクリュタイメストラは
息子の心に取り入る道を探したのですが
振り上げた息子の腕は母親の胸を刺したのです。
母は死にました！――出てこい、不機嫌な母の亡霊よ！
群をなしてやって来い、復讐の女神どもよ。
おまえたちのお気に入りのこの芝居をとくと見るがいい。
おまえたちが作った最後のもっとも恐ろしい芝居を！
憎しみや復讐がその剣を研ぐのではありません。
愛情あふれる姉上が手を下さねば
ならないのです。泣かないで！　あなたに罪はありません。
僕は幼いころから、姉上、今あなたを
愛せるほどには誰一人として愛しはしませんでした。
さあ、あなたの剣を振り上げなさい。容赦はいりません。

Zerreiße diesen Busen und eröffne
Den Strömen, die hier sieden, einen Weg!
(Er sinkt in Ermattung.)

IPHIGENIE. Allein zu tragen dieses Glück und Elend
Vermag ich nicht. – Wo bist du, Pylades?
Wo find' ich deine Hilfe, teurer Mann?
(Sie entfernt sich suchend.)

## ZWEITER AUFTRITT

OREST (aus seiner Betäubung erwachend und sich aufrichtend).
Noch einen! reiche mir aus Lethes Fluten
Den letzten kühlen Becher der Erquickung!
Bald ist der Krampf des Lebens aus dem Busen
Hinweggespült; bald fließet still mein Geist,

この胸を切り裂いてください。そしてここにたぎる血潮に
道を開いてください！

（衰弱して倒れる）

イフィゲーニエ　一人でこの幸せと惨めさを
耐えることはわたしにはできません。――どこにいるのですか、ピュラデス？
どこであなたの助けを得られるのですか、ねえ、あなた？

（探しながら退場）

## 第二場

オレスト（失神から覚めて、体を起こしながら）
もう一杯！　三途の川から元気づけの水を汲んで
最後の冷たい一杯を渡してくれ！
もうじき生命のけいれんもこの胸から
洗い流される。もうじき僕の心は静かに流れて

Der Quelle des Vergessens hingegeben,
Zu euch, ihr Schatten, in die ew'gen Nebel.
Gefällig laßt in eurer Ruhe sich
Den umgetriebnen Sohn der Erde laben! –
Welch ein Gelispel hör' ich in den Zweigen,
Welch ein Geräusch aus jener Dämmrung säuseln? –
Sie kommen schon, den neuen Gast zu sehn!
Wer ist die Schar, die herrlich miteinander
Wie ein versammelt Fürstenhaus sich freut?
Sie gehen friedlich, Alt' und Junge, Männer
Mit Weibern; göttergleich und ähnlich scheinen
Die wandelnden Gestalten. Ja, sie sind's,
Die Ahnherrn meines Hauses! – Mit Thyesten
Geht Atreus in vertraulichen Gesprächen,
Die Knaben schlüpfen scherzend um sie her.
Ist keine Feindschaft hier mehr unter euch?

亡霊どもよ、おまえたちのいる永遠の霧の中へ入っていく。
忘却の泉に委ねられて。
どうかおまえたちの安らぎの中で
追い回されているこの地上の息子を励ましてやってくれ！
木々の間から聞こえるささやきは何なのだ？
あの黄昏《たそがれ》からかすかに響くざわめきは何なのだ？
亡霊どもが新しい客の顔を見ようとしてもうやって来た！
王家の一族の集まりのように
楽しく晴れやかな人びとの群れは誰なのだ？
老いも若きも、男も女も
和やかに歩いている。そぞろ歩きする姿は
神々と見まごうほどだ。そうだあの人たちだ
わが家の祖先だ！——アトレウスが
テュエステスと仲良く話しながら歩いている。
少年たちが二人の周りを戯れながらこちらへ来る。
ここではもうあなた方の間には敵意はないのか？

Verlosch die Rache wie das Licht der Sonne?
So bin auch ich willkommen, und ich darf
In euern feierlichen Zug mich mischen.
Willkommen, Väter! euch grüßt Orest,
Von euerm Stamme der letzte Mann;
Was ihr gesät, hat er geerntet:
Mit Fluch beladen, stieg er herab.
Doch leichter trägt sich hier jede Bürde:
Nehmt ihn, o nehmt ihn in euern Kreis! –
Dich, Atreus, ehr' ich, auch dich, Thyesten:
Wir sind hier alle der Feindschaft los. –
Zeigt mir den Vater, den ich nur einmal
Im Leben sah! – Bist du's, mein Vater?
Und führst die Mutter vertraut mit dir?
Darf Klytämnestra die Hand dir reichen,
So darf Orest auch zu ihr treten

復讐は太陽の光のように消えてしまったのか？
だったら僕も歓迎されるだろう。あなた方の
厳かな行列に加わってもいいのだ。
ようこそ、ご先祖様！　オレストがごあいさつ申し上げます。
あなた方の一族の最後の男です。
皆さんがまいた種をこのオレストが刈り取りました。
オレストは呪いを背負ってここまで下りてきました。
でもここではどんな重荷もずっと運びやすい。
この男を、ああ、この男をあなた方の仲間に入れてください！——
アトレウス、あなたを尊敬しています。テュエステス、あなたもです。
ここでは皆恨みなど持っていません。——
父上を教えてください！　生前に一度しか
会ったことがないのです。——あなたが僕の父上ですか？
母上と仲良く散歩されているのですか？
クリュタイメストラがあなたに手を差し出せるのなら
オレストだって彼女のところへ行き

Und darf ihr sagen: Sieh deinen Sohn!
Seht euern Sohn! Heißt ihn willkommen.
Auf Erden war in unserm Hause
Der Gruß des Mordes gewisse Losung,
Und das Geschlecht des alten Tantalus
Hat seine Freuden jenseits der Nacht.
Ihr ruft: Willkommen! und nehmt mich auf!
O führt zum Alten, zum Ahnherrn mich!
Wo ist der Alte? Daß ich ihn sehe,
Das teure Haupt, das vielverehrte,
Das mit den Göttern zu Rate saß.
Ihr scheint zu zaudern, euch wegzuwenden?
Was ist es? Leidet der Göttergleiche?
Weh mir! es haben die Übermächt'gen
Der Heldenbrust grausame Qualen
Mit ehrnen Ketten fest aufgeschmiedet.

こう言ってもいいでしょう。「あなたの息子をご覧なさい！」と。
あなた方の息子をご覧なさい！　「よく来た」と言ってください。
地上ではわれわれ一族で交わされる
あいさつは殺人の合図でした。
そして古いタンタロス一族は
死の暗闇の彼岸で喜びを味わえるのです。
あなた方は「よく来た！」と言って、僕を迎え入れてくれるのですね！
ああ、僕をあの年老いた始祖タンタロスのところへ連れていってください！
あのご老人はどこです？　神々の協議にも列席し
とても敬われていたあの立派なお方に
お目にかかれるなんて。
あなた方は目をそらすのをためらっておられるようですね。
どうされたのです？　神にも等しいお方が苦しんでおられるのですか？
何と悲しいことだ！　強大な神々は
英雄の胸に恐ろしい苦しみを
鉄の鎖できつく結びつけてしまわれたのだ。

## DRITTER AUFTRITT

Orest. Iphigenie. Pylades.

OREST. Seid ihr auch schon herabgekommen?
Wohl, Schwester, dir! Noch fehlt Elektra:
Ein güt'ger Gott send' uns die eine
Mit sanften Pfeilen auch schnell herab.
Dich, armer Freund, muß ich bedauern!
Komm mit! komm mit! zu Plutos Thron,
Als neue Gäste den Wirt zu grüßen.
IPHIGENIE. Geschwister, die ihr an dem weiten Himmel
Das schöne Licht bei Tag und Nacht herauf
Den Menschen bringet, und den Abgeschiednen
Nicht leuchten dürfet, rettet uns Geschwister!
Du liebst Diane, deinen holden Bruder
Vor allem, was dir Erd' und Himmel bietet,

## 第三場

オレスト、イフィゲーニエ、ピュラデス

オレスト　君たち、もう下りてきたのか？
ようこそ、姉上！　エレクトラがまだ来ていませんね。
慈悲深い神が優しい矢[†41]を射かけて
早くあの人を僕らのところへ送ってくれますよう。
哀れな友よ、君には同情する！
一緒に行こう！　一緒に行こう！　冥土の王の玉座の前に進み出て
新しい客人として主人《あるじ》にあいさつしよう。

イフィゲーニエ　広い天空におられて、昼も夜も
美しい光を人間にお送りくださるアポロンとディアーナ[†42]、
それでも死者のために道を照らすことは許されないご兄妹《きょうだい》の神さま、
どうかわたしたち姉弟《きょうだい》をお救いください。
ディアーナさま、天と地があなたに差し出すすべてのものにもまして
あなたはあなたの優しいお兄さまを愛しておられます。

Und wendest dein jungfräulich Angesicht
Nach seinem ew'gen Lichte sehnend still.
O laß den einz'gen, spätgefundnen mir
Nicht in der Finsternis des Wahnsinns rasen!
Und ist dein Wille, da du hier mich bargst,
Nunmehr vollendet, willst du mir durch ihn
Und ihm durch mich die sel'ge Hilfe geben,
So lös' ihn von den Banden jenes Fluchs,
Daß nicht die teure Zeit der Rettung schwinde.
PYLADES. Erkennst du uns und diesen heil'gen Hain
Und dieses Licht, das nicht den Toten leuchtet?
Fühlst du den Arm des Freundes und der Schwester,
Die dich noch fest, noch lebend halten? Fass'
Uns kräftig an: wir sind nicht leere Schatten.
Merk' auf mein Wort! Vernimm es! Raffe dich
Zusammen! Jeder Augenblick ist teuer,

あなたは純潔のかんばせを
思い焦がれながら静かに兄君の永遠の光へとお向けになります。
ああ、たった一人のやっとめぐり合えた弟を
狂気の闇の中で血迷わせないでください！
ここにわたしをおかくまいくださったあなたのご意志が
今や実現し、あなたは弟を通してわたしに、わたしを通して弟に
このうえない幸せな助けを与えてくださるおつもりなのでしょうか？
もしそうならば救出のための貴重な時間が失われないように
あの呪いの枷《かせ》から弟を解き放ってください。

ピュラデス　僕らやこの神聖な森が、そして死者には
道を照らしてやることのないこの光が、君にはわからないのか？
友だちと姉上の腕が君をまだしっかりと、まだ力強く
抱きかかえているのを感じないのか？　僕らを
ぐっとつかんでみろ。僕らはむなしい影ではないのだ。
僕の言葉に注意を向けろ！　聞くのだ！　気を
取り直せ！　一瞬たりとも貴重なのだ。

Und unsre Rückkehr hängt an zarten Fäden,
Die, scheint es, eine günst'ge Parze spinnt.

Orest (zu Iphigenien).

Laß mich zum erstenmal mit freiem Herzen
In deinen Armen reine Freude haben!
Ihr Götter, die mit flammender Gewalt
Ihr schwere Wolken aufzuzehren wandelt
Und gnädig-ernst den lang' erflehten Regen
Mit Donnerstimmen und mit Windesbrausen
In wilden Strömen auf die Erde schüttet,
Doch bald der Menschen grausendes Erwarten
In Segen auflöst und das bange Staunen
In Freudeblick und lauten Dank verwandelt,
Wenn in den Tropfen frisch erquickter Blätter
Die neue Sonne tausendfach sich spiegelt
Und Iris freundlich bunt mit leichter Hand

僕らが帰国できるかどうかは、か細い糸にかかっており
どうやら親切な運命の女神がそれを紡いでくれているらしい。

オレスト（イフィゲーニエに）

初めて自由な心であなたの腕に抱かれ
純粋な喜びを味わわせてください！
神々よ、あなた方は燃えさかる炎の力で
重い雲を消し去って進んでゆかれます。
そして長い間待ちわびた雨を、慈悲深くひたむきに
奔流のように大地に注ぎ込みます。
雷鳴や吹きすさぶ風のような大音声《だいおんじょう》を立てて。
けれどあなた方は人びとがおののき恐れていたものを
すぐに幸せの中へ溶かしこみ、不安な驚きを
喜びのまなざしと感謝の叫びに変えてしまわれます。
みずみずしくよみがえった木の葉のしずくに
新しい太陽が何千もきらきらと輝くときに。
そして虹の女神が軽やかな手で優しく色とりどりに

Den grauen Flor der letzten Wolken trennt:
O laßt mich auch in meiner Schwester Armen,
An meines Freundes Brust, was ihr mir gönnt,
Mit vollem Dank genießen und behalten!
Es löset sich der Fluch, mir sagt's das Herz.
Die Eumeniden ziehn, ich höre sie,
Zum Tartarus und schlagen hinter sich
Die ehrnen Tore fernabdonnernd zu.
Die Erde dampft erquickenden Geruch
Und ladet mich auf ihren Flächen ein,
Nach Lebensfreud' und großer Tat zu jagen.

PYLADES. Versäumt die Zeit nicht, die gemessen ist!
Der Wind, der unsre Segel schwellt, er bringe
Erst unsre volle Freude zum Olymp.
Kommt! Es bedarf hier schneller Rat und Schluß.

最後の雲の灰色のヴェールを引きはがすときに。
ああ、僕にも、姉上の腕に抱かれ
友の胸に寄りかかりながら、神々がくださるものを
あふれる感謝で味わい、ずっと持たせてください！
呪いは解けた。僕の心がそれを語っている。
復讐の女神たちが冥土に下りていく音がする。
その背後で女神たちは
遠雷のような音を響かせ、鉄の門を閉めたのだ。
大地は爽やかな香りを放っている。
そして人生の喜びや偉大な行いを追い求めるよう
その広野に僕を招いている。

ピュラデス　与えられた時間を無駄にするな！
われわれの帆を膨らませる風よ、まずは
このあふれる喜びをオリュンポスに届けてくれ。
来るのだ！　ここで必要なのはすばやい方策と決断だ！

# VIERTER AUFZUG

## ERSTER AUFTRITT

IPHIGENIE. Denken die Himmlischen
Einem der Erdgebornen
Viele Verwirrungen zu,
Und bereiten sie ihm
Von der Freude zu Schmerzen
Und von Schmerzen zur Freude
Tief erschütternden Übergang:
Dann erziehen sie ihm
In der Nähe der Stadt,
Oder am fernen Gestade,
Daß in Stunden der Not

# 第四幕

## 第一場

イフィゲーニエ　天上の神々は
地上の子に
多くの混乱を背負わせます。
そして、喜びから苦しみへ
苦しみから喜びへと
深く心を揺さぶる変化を経験させるのです。
その一方で、神々は地上の子のために
故郷の町の近くでも
遠く離れた海辺でも
落ち着いた一人の友人を
育て上げます。

Auch die Hilfe bereit sei,
Einen ruhigen Freund.
O segnet, Götter, unsern Pylades
Und was er immer unternehmen mag!
Er ist der Arm des Jünglings in der Schlacht,
Der Greises leuchtend Aug' in der Versammlung:
Denn seine Seel' ist stille; sie bewahrt
Der Ruhe heil'ges unerschöpftes Gut,
Und den Umhergetriebnen reichet er
Aus ihren Tiefen Rat und Hilfe. Mich
Riß er vom Bruder los; den staunt' ich an
Und immer wieder an, und konnte mir
Das Glück nicht eigen machen, ließ ihn nicht
Aus meinen Armen los, und fühlte nicht
Die Nähe der Gefahr, die uns umgibt.
Jetzt gehn sie, ihren Anschlag auszuführen,

危機に直面したときでも
いつでも助けてもらえるように。
ああ、神々よ、たとえいかなることを彼が企てようとも
わたしたちのピュラデスを加護してくださいますよう！
彼は戦場では若者の腕であり
集会では老人の輝く眼です。
なぜなら彼の魂は静かだからです。そこには
落ち着きという、神聖で尽きない宝が保存されています。
そして彼はさまよえる人びとに
心の奥底から忠告と助けを与えました。ピュラデスは
わたしを弟から引き離しました。
弟を驚いて見て、何度も見直すわたしを。わたしには
その幸せをわがものと信じることができず、弟を
ひたすら抱き続けて、わたしたちを取り巻く危険が
身近に迫っているのが感じられなかったからです。
今二人は計画を実行するために

Der See zu, wo das Schiff mit den Gefährten,
In einer Bucht versteckt, aufs Zeichen lauert,
Und haben kluges Wort mir in den Mund
Gegeben, mich gelehrt, was ich dem König
Antworte, wenn er sendet und das Opfer
Mir dringender gebietet. Ach! ich sehe wohl,
Ich muß mich leiten lassen wie ein Kind.
Ich habe nicht gelernt, zu hinterhalten,
Noch jemand etwas abzulisten. Weh!
O weh der Lüge! Sie befreiet nicht,
Wie jedes andre, wahrgesprochne Wort,
Die Brust; sie macht uns nicht getrost, sie ängstet
Den, der sie heimlich schmiedet, und sie kehrt,
Ein losgedruckter Pfeil, von einem Gotte
Gewendet und versagend, sich zurück
Und trifft den Schützen. Sorg' auf Sorge schwankt

海のほうへ行きました。仲間の乗った船が
入り江に隠れて、合図を待っているのです。
もし王さまが使いの者を寄こし、生け贄を
急いで捧げるよう命じた場合に備えて
二人はわたしにこれをうまくかわす言葉を伝授し
答え方を教えてくれました。ああ、確かに
わたしは子どものように二人に導かれねばなりません。
わたしはこれまで隠し事をしたり
人から何かをだまし取ったりすることを学んできませんでした。つらい！
ああ、嘘をつくのがつらい！　嘘は
真実を語るどんな言葉とも違ってこの胸を
すっきりさせてくれません。嘘はわたしたちを元気づけてはくれないし
ひそかに嘘をたくらむ者を不安にさせます。嘘は
放たれた矢となっても、神さまに向きを変えられ
的を射ずに戻ってきて
矢を射た人に当たるのです。心配に心配を重ね

Mir durch die Brust. Es greift die Furie
Vielleicht den Bruder auf dem Boden wieder
Des ungeweihten Ufers grimmig an.
Entdeckt man sie vielleicht? Mich dünkt, ich höre
Gewaffnete sich nahen! – Hier! – Der Bote
Kommt von dem Könige mit schnellem Schritt.
Es schlägt mein Herz, es trübt sich meine Seele,
Da ich des Mannes Angesicht erblicke,
Dem ich mit falschem Wort begegnen soll.

## ZWEITER AUFTRITT

Iphigenie. Arkas.

ARKAS. Beschleunige das Opfer, Priesterin!
Der König wartet, und es harrt das Volk.

わたしの胸は揺れ動きます。ひょっとすると復讐の女神が
祓い清められていない海辺で
再び弟を責めさいなんでいるのかもしれません。
もしかして二人は見つけられたのかしら？　武装した人々が
近づいて来る音が聞こえるような気がします！――ほら！――
王様の使者が急ぎ足でやって来ます。
わたしの胸はどきどきし、わたしの心は曇ります。
なぜならあの人の顔を見ながら
偽りの言葉を口にしなければならないからです。

## 第二場

イフィゲーニエとアルカス

アルカス　早く生け贄を捧げてください、巫女殿！
王がお待ちです。国民も待ち焦がれています。

IPHIGENIE. Ich folgte meiner Pflicht und deinem Wink,
Wenn unvermutet nicht ein Hindernis
Sich zwischen mich und die Erfüllung stellte.
ARKAS. Was ist's, das den Befehl des Königs hindert?
IPHIGENIE. Der Zufall, dessen wir nicht Meister sind.
ARKAS. So sage mir's, daß ich's ihm schnell vermelde:
Denn er beschloß bei sich der beiden Tod.
IPHIGENIE. Die Götter haben ihn noch nicht beschlossen.
Der ältste dieser Männer trägt die Schuld
Des nahverwandten Bluts, das er vergoß.
Die Furien verfolgen seinen Pfad,
Ja, in dem innern Tempel faßte selbst
Das Übel ihn, und seine Gegenwart
Entheiligte die reine Stätte. Nun
Eil' ich mit meinen Jungfraun, an dem Meere
Der Göttin Bild mit frischer Welle netzend,

イフィゲーニエ　わたしの義務とあなたの指図に従うつもりでした。
　でも思いがけずある障害が生じてしまい
　実行できなくなりました。
アルカス　何ですかその、王の命令を妨げるものとは？
イフィゲーニエ　わたしたちが打ち勝つことのできない偶然です。
アルカス　ではそれをお話しください。王に急いで報告します。
　王は心の中で二人の男の死を決定しておられるのですから。
イフィゲーニエ　神々はまだ死を決定されてはおりません。
　二人の男のうち年上のほうは
　肉親の血を流した罪を負っています。
　復讐の女神たちが彼の行方を追っています。
　そうです、だからこの神殿の奥でさえ
　彼は狂気に取りつかれました。あの男がいるために
　清潔な場所が汚されてしまったのです。今から
　わたしはわたしの若い巫女たちとともに、海辺へ急ぎます。
　ディアーナさまのご神像に新鮮な波をそそぎ

Geheimnisvolle Weihe zu begehn.
Es störe niemand unsern stillen Zug!
ARKAS. Ich melde dieses neue Hindernis
Dem Könige geschwind; beginne du
Das heil'ge Werk nicht eh', bis er's erlaubt.
IPHIGENIE. Dies ist allein der Priestrin überlassen.
ARKAS. Solch seltnen Fall soll auch der König wissen.
IPHIGENIE. Sein Rat wie sein Befehl verändert nichts.
ARKAS. Oft wird der Mächtige zum Schein gefragt.
IPHIGENIE. Erdringe nicht, was ich versagen sollte.
ARKAS. Versage nicht, was gut und nützlich ist.
IPHIGENIE. Ich gebe nach, wenn du nicht säumen willst.
ARKAS. Schnell bin ich mit der Nachricht in dem Lager.
Und schnell mit seinen Worten hier zurück.
O könnt' ich ihm noch eine Botschaft bringen,
Die alles löste, was uns jetzt verwirrt:

神秘的な清めの式を執り行うために。
わたしたちの静かな行列をどなたも妨げないでください！
アルカス　新たな障害が生じたことを
王に急いでお知らせします。王のお許しが出るまで
清めの式は始めないでください。
イフィゲーニエ　そのことはすべて巫女のわたしに任されています。
アルカス　このような稀な事態は王にもお知らせせねばなりません。
イフィゲーニエ　王さまが助言されようと命令されようと、状況は変わりません。
アルカス　権力者には形式的に尋ねることもよくあります。
イフィゲーニエ　拒否するに決まっていることを無理強いしないでください。
アルカス　よいこと、役に立つことを拒否なさらないでください。
イフィゲーニエ　手間を取らせないとおっしゃるのならお言葉に従います。
アルカス　この知らせを持って急いで陣営におもむき
王のお言葉をもらって急いで戻ってきます。
ああ、王にもう一つお知らせをお持ちできればいいのですが。
それさえあれば私たちが今困っていることはすべて解決したでしょうに。

Denn du hast nicht des Treuen Rat geachtet.
IPHIGENIE. Was ich vermochte, hab' ich gern getan.
ARKAS. Noch änderst du den Sinn zur rechten Zeit.
IPHIGENIE. Das steht nun einmal nicht in unsrer Macht.
ARKAS. Du hältst unmöglich, was dir Mühe kostet.
IPHIGENIE.
Dir scheint es möglich, weil der Wunsch dich trügt.
ARKAS. Willst du denn alles so gelassen wagen?
IPHIGENIE. Ich hab' es in der Götter Hand gelegt.
ARKAS. Sie pflegen Menschen menschlich zu erretten.
IPHIGENIE. Auf ihren Fingerzeig kommt alles an.
ARKAS. Ich sage dir, es liegt in deiner Hand.
Des Königs aufgebrachter Sinn allein
Bereitet diesen Fremden bittern Tod.
Das Heer entwöhnte längst vom harten Opfer
Und von dem blut'gen Dienste sein Gemüt.
Ja, mancher, den ein widriges Geschick

というのもあなたは忠義な家来の忠告を無視されましたからな。
イフィゲーニエ　わたしにできることは喜んでしました。
アルカス　お気持ちを変えられるのならまだ間に合います。
イフィゲーニエ　それはわたしたちの一存ではどうすることもできません。
アルカス　あなたは骨の折れることはできないとお思いだ。
イフィゲーニエ　あなたは願いに惑わされているからできるように見えるのです。
アルカス　あなたは何事もそんなふうに平然とやってゆかれるつもりですか？
イフィゲーニエ　わたしは何事も神々の手に委ねてきました。
アルカス　神々は人間を人間の手でお救いになるのが常です。
イフィゲーニエ　神々のお指図にすべてがかかっています。
アルカス　言っておきますが、すべてはあなたの手の内にあるのです。
二人の異邦人にむごい死をもたらすのは
王の激しい怒り以外にありません。
もう長い間、兵士たちの心は残酷な生け贄からも
血塗られた奉仕からも離れていました。
哀れにさまよう人たち、追い回される人たちにとって

An fremdes Ufer trug, empfand es selbst,
Wie göttergleich dem armen Irrenden,
Umhergetriebnen an der fremden Grenze
Ein freundlich Menschenangesicht begegnet.
O wende nicht von uns, was du vermagst!
Du endest leicht, was du begonnen hast:
Denn nirgends baut die Milde, die herab
In menschlicher Gestalt vom Himmel kommt,
Ein Reich sich schneller, als wo trüb und wild
Ein neues Volk, voll Leben, Mut und Kraft,
Sich selbst und banger Ahnung überlassen,
Des Menschenlebens schwere Bürden trägt.

IPHIGENIE. Erschüttre meine Seele nicht, die du
Nach deinem Willen nicht bewegen kannst.

ARKAS. Solang' es Zeit ist, schont man weder Mühe
Noch eines guten Wortes Wiederholung.

異国の地で出会う親切な人たちの顔は
神のように見えるものです。
実際、不幸な運命のために異国の海辺に運ばれた
多くの人が自ずと、このことを感じているのです。
ああ、あなたにできることをわれわれから遠のけないでください！
自分で始めたことを成し遂げるのは簡単なはずです。
というのは人間の姿をして天から舞い下りてきた
柔和なあなたが、いち早く自分の国を作るには
生命と勇気と力に満ちた新しい国民の
いる場所しかないのですから。彼らはそこで
自分自身と不安な予感に身を委ねて
暗く乱暴に人生の重荷を背負っているのです。

イフィゲーニエ　わたしの心を揺さぶらないでください。
あなたのご意志どおりに動かすことのできない心なのです。

アルカス　時間が許す限り、骨折りも
よい言葉をくり返すこともいといません。

IPHIGENIE.
Du machst dir Müh, und mir erregst du Schmerzen;
Vergebens beides: darum laß mich nun.
ARKAS. Die Schmerzen sind's, die ich zu Hilfe rufe:
Denn es sind Freunde, Gutes raten sie.
IPHIGENIE. Sie fassen meine Seele mit Gewalt,
Doch tilgen sie den Widerwillen nicht.
ARKAS. Fühlt eine schöne Seele Widerwillen
Für eine Wohltat, die der Edle reicht?
IPHIGENIE. Ja, wenn der Edle, was sich nicht geziemt,
Statt meines Dankes mich erwerben will.
ARKAS. Wer keine Neigung fühlt, dem mangelt es
An einem Worte der Entschuld'gung nie.
Dem Fürsten sag' ich an, was hier geschehn.
O wiederholtest du in deiner Seele,
Wie edel er sich gegen dich betrug
Von deiner Ankunft an bis diesen Tag!

イフィゲーニエ　あなたの骨折りがわたしの苦しみをかき立てます。
骨折りも苦しみも無駄なことです。どうぞそっとしておいてください。
アルカス　私が助けを求めて呼び寄せようとしているのはその苦しみなのです。
というのは苦しみこそ友であり、よい忠告をしてくれるからです。
イフィゲーニエ　苦しみは荒々しくわたしの心をつかんでいますが
それでも嫌悪を消すことはできません。
アルカス　あなたの美しいお心は
気高いお方が差し出された親切に嫌悪を感じておられるのですか？
イフィゲーニエ　そうです。気高いお方が、その気高さにそぐわず
わたしの感謝ではなく、わたし自身をお求めになる場合には。
アルカス　愛情を感じていない者は
弁解の言葉に不自由しないものです。
ここで起きたことは王にご報告しましょう。
あなたがこの国に来られてから今日まで
王があなたに対してどんなに気高く振る舞われてきたか
ああ、心の中でくり返しお考えになってください！

## DRITTER AUFTRITT

IPHIGENIE (allein). Von dieses Mannes Rede fühl' ich mir
Zur ungelegnen Zeit das Herz im Busen
Auf einmal umgewendet. Ich erschrecke! –
Denn wie die Flut mit schnellen Strömen wachsend
Die Felsen überspült, die in dem Sand
Am Ufer liegen: so bedeckte ganz
Ein Freudenstrom mein Innerstes. Ich hielt
In meinen Armen das Unmögliche.
Es schien sich eine Wolke wieder sanft
Um mich zu legen, von der Erde mich
Emporzuheben und in jenen Schlummer
Mich einzuwiegen, den die gute Göttin
Um meine Schläfe legte, da ihr Arm
Mich rettend faßte. – Meinen Bruder

## 第三場

イフィゲーニエ（独白）　あの人の話を聞いたせいで
折り悪しく胸の内で心臓が突然
ひっくり返ったような感じがした。怖い！——
満ち潮が速い流れで水かさを増し
海辺の砂浜にある岩を
そっくり水に浸すように、喜びの奔流が
わたしの心の奥底までをすっかり覆い隠した。わたしは
わたしの腕の中にこの世に起こりえないものを抱いていた。
ひとひらの雲がまた柔らかく
わたしを包み込んで、地上から
高く持ち上げ、あのまどろみの中に
揺すって寝かしつけるような気がした。それは、優しい女神さまが
わたしを救おうとその腕で抱き上げてくださったときに
こめかみの周りに置いてくださったまどろみだ。——弟のことで

Ergriff das Herz mit einziger Gewalt:
Ich horchte nur auf seines Freundes Rat;
Nur sie zu retten, drang die Seele vorwärts.
Und wie den Klippen einer wüsten Insel
Der Schiffer gern den Rücken wendet: so
Lag Tauris hinter mir. Nun hat die Stimme
Des treuen Manns mich wieder aufgeweckt,
Daß ich auch Menschen hier verlasse, mich
Erinnert. Doppelt wird mir der Betrug
Verhaßt. O bleibe ruhig, meine Seele!
Beginnst du nun zu schwanken und zu zweifeln?
Den festen Boden deiner Einsamkeit
Mußt du verlassen! Wieder eingeschifft,
Ergreifen dich die Wellen schaukelnd, trüb
Und bang verkennest du die Welt und dich.

わたしの心はどうしようもなくいっぱいだった。
わたしは弟の友だちの助言にだけ耳を傾けていた。
二人を救い出すことばかりに心が急いていた。
荒れ果てた島の断崖に
船乗りが喜んで背を向けるように、タウリス島は
もうわたしの背後に横たわっていた。そのとき誠実な男の
声がまたわたしを呼び覚まし
ここの人ともお別れだということを
思い起こさせた。人をだますことがわたしには二重に
いとわしくなる。ああ、どうか落ち着いて、わたしの心よ！
今になっておまえは揺らぎ、疑い始めているの？
孤独という揺るぎない大地を
おまえは捨て去らなければならないのよ！　また船に乗り
波に揺られ、物悲しくおびえて
世界も自分もわからなくなってしまうのよ。

## VIERTER AUFTRITT

Iphigenie. Pylades.

PYLADES. Wo ist sie? daß ich ihr mit schnellen Worten
Die frohe Botschaft unsrer Rettung bringe!
IPHIGENIE. Du siehst mich hier voll Sorgen und Erwartung
Des sichern Trostes, den du mir versprichst.
PYLADES. Dein Bruder ist geheilt! Den Felsenboden
Des ungeweihten Ufers und den Sand
Betraten wir mit fröhlichen Gesprächen;
Der Hain blieb hinter uns, wir merkten's nicht.
Und herrlicher und immer herrlicher
Umloderte der Jugend schöne Flamme
Sein lockig Haupt; sein volles Auge glühte
Von Mut und Hoffnung, und sein freies Herz
Ergab sich ganz der Freude, ganz der Lust,

# 第四場

イフィゲーニエとピュラデス

ピュラデス　あの人はどこだ？　僕たちが助かるという
うれしい知らせを急いで伝えたいのだけれど！
イフィゲーニエ　ここにいます。あなたが約束してくださった
確かな慰めを心配と期待に満ちて待っていました。
ピュラデス　弟さんの病気は治りました！　僕たちは
祓い清められていない海辺の岩地や砂浜を
楽しく語らいながら歩きました。
知らぬ間に神殿の森をずっと後にしていました。
そしてもっと見事に、ますます見事に
青春の美しい炎が、オレストの巻き毛の頭の周りで
燃え上がったのです。彼の大きな眼は
勇気と希望で輝いています。彼の解き放たれた心は
自分を救ってくれたあなたと、僕とを救う

Dich, seine Retterin, und mich zu retten.
IPHIGENIE. Gesegnet seist du, und es möge nie
Von deiner Lippe, die so Gutes sprach,
Der Ton des Leidens und der Klage tönen!
PYLADES. Ich bringe mehr als das; denn schön begleitet,
Gleich einem Fürsten, pflegt das Glück zu nahn.
Auch die Gefährten haben wir gefunden.
In einer Felsenbucht verbargen sie
Das Schiff und saßen traurig und erwartend.
Sie sahen deinen Bruder, und es regten
Sich alle jauchzend, und sie baten dringend,
Der Abfahrt Stunde zu beschleunigen.
Es sehnet jede Faust sich nach dem Ruder,
Und selbst ein Wind erhob vom Lande lispelnd,
Von allen gleich bemerkt, die holden Schwingen.
Drum laß uns eilen, führe mich zum Tempel,

喜びと意欲に浸《ひた》りきっていました。
イフィゲーニエ　あなたに祝福がありますように！　そして
こんなにもいいことを聞かせてくれたあなたの唇から
苦悩と嘆きの声が決して響いてきませんように！
ピュラデス　まだお知らせすることはあります。というのも幸せは
王侯のように立派なお供を連れてやって来るものなのです。
僕らは仲間の連中にも会えました。
彼らは岩陰の入り江に船を隠し
悲しく何かを待ち望むかのように座っていました。
弟さんを見ると皆歓声を上げ
出航の時間を早めるように
しつこく頼みました。
どの拳も船を漕ぎたくてむずむずしていました。
皆すぐに気づいたのですが、風さえも陸から
ささやくように優しい翼を上げてくれました。
だから急ぎましょう。僕を神殿に案内してください。

Laß mich das Heiligtum betreten, laß
Mich unsrer Wünsche Ziel verehrend fassen!
Ich bin allein genug, der Göttin Bild
Auf wohlgeübten Schultern wegzutragen:
Wie sehn' ich mich nach der erwünschten Last!

(Er geht gegen den Tempel unter den letzten Worten, ohne zu bemerken, daß Iphigenie nicht folgt; endlich kehrt er sich um.)

Du stehst und zauderst – sage mir – du schweigst!
Du scheinst verworren! Widersetzet sich
Ein neues Unheil unserm Glück? Sag' an!
Hast du dem Könige das kluge Wort
Vermelden lassen, das wir abgeredet?

IPHIGENIE. Ich habe, teurer Mann; doch wirst du schelten.
Ein schweigender Verweis war mir dein Anblick.
Des Königs Bote kam, und wie du es

僕を社に入れて、僕らのお目当てである
ディアーナの神像をうやうやしく手に取らせてください。
僕一人で大丈夫です。ディアーナの像は
このよく鍛えられた肩で担いでいけます。
お目当ての像にどんなに僕は憧れていることか！

（最後の言葉を口にしながら、ピュラデスは神殿に向かって歩いていくが、
イフィゲーニエがついてこないのに気づいていない。
ようやく彼は振り返る）

あなたは立ちすくみ、ためらっている——どうしたのです——黙っている！
混乱されているようですね！　新しい不幸が
僕らの幸せを邪魔しているのですか？　言ってください！
王には申し合わせどおりのうまい言葉を
伝えるようにしてくださいましたか？

イフィゲーニエ　それはしました、親愛なる人。でも叱らないでください。
あなたのまなざしがわたしには無言の叱責だったのです！
王さまの使者が来ました。それでわたしは

Mir in den Mund gelegt, so sagt' ich's ihm.
Er schien zu staunen und verlangte dringend,
Die seltne Feier erst dem Könige
Zu melden, seinen Willen zu vernehmen;
Und nun erwart' ich seine Wiederkehr.
PYLADES. Weh uns! Erneuert schwebt nun die Gefahr
Um unsre Schläfe! Warum hast du nicht
Ins Priesterrecht dich weislich eingehüllt?
IPHIGENIE. Als eine Hülle hab' ich's nie gebraucht.
PYLADES. So wirst du, reine Seele, dich und uns
Zugrunde richten. Warum dacht' ich nicht
Auf diesen Fall voraus und lehrte dich
Auch dieser Fordrung auszuweichen!
IPHIGENIE. Schilt
Nur mich, die Schuld ist mein, ich fühl' es wohl;
Doch konnt' ich anders nicht dem Mann begegnen,

あなたに教えられたとおりに言いました。
使者はびっくりした様子でした。そんなただならぬ儀式[†43]は
まず王さまにお知らせして、お考えを伺ってからにしてほしいと
切に要求されました。
それでわたしは今、使者が帰ってくるのを待っているのです。

ピュラデス　何ということを！　新たな危険が
僕らの周りを漂っている！　どうしてあなたは
巫女の特権を利用してうまくごまかさなかったのですか？

イフィゲーニエ　そんなごまかしはこれまで一度もしたことがありません。

ピュラデス　清いお方、そうなるとあなたも僕たちも
破滅してしまいます。どうして僕は
こんな場合を想定して、こうした要求の
上手なかわし方をあなたに教えておかなかったのだろう！

イフィゲーニエ　叱るなら
わたしだけを。わたしが悪いのです。自分でもわかっています。
でもあの人にはほかに接しようがありませんでした。

Der mit Vernunft und Ernst von mir verlangte,
Was ihm mein Herz als Recht gestehen mußte.
PYLADES. Gefährlicher zieht sich's zusammen; doch auch so
Laß uns nicht zagen oder unbesonnen
Und übereilt uns selbst verraten. Ruhig
Erwarte du die Wiederkunft des Boten,
Und dann steh fest, er bringe, was er will:
Denn solcher Weihung Feier anzuordnen,
Gehört der Priesterin und nicht dem König.
Und fordert er, den fremden Mann zu sehn,
Der von dem Wahnsinn schwer belastet ist,
So lehn' es ab, als hieltest du uns beide
Im Tempel wohl verwahrt. So schaff' uns Luft,
Daß wir aufs eiligste, den heil'gen Schatz
Dem rauh unwürd'gen Volk entwendend, fliehn.
Die besten Zeichen sendet uns Apoll,

あの人がわたしに分別をもってまじめに要求したことを
わたしの心は正しいと認めざるを得なかったのです。

ピュラデス　ますます危険が募ってきました。でもだからといって
恐れためらったり、よく考えずに
ことを急いて僕たちを見殺しにしてはいけません。
落ち着いてあなたは使者の帰りを待ち
どんな返事であろうとたじろがないでください。
というのもこのような清めの儀式を手配するのは
巫女であって王ではないのです。
狂気にひどく取りつかれた異国の男を
王が見たいと要求したら
それを拒否して、僕ら二人を神殿に閉じ込めているかのように
装ってください。そうして僕らのために時間をかせいでください。
神聖な宝物《ほうもつ》を大急ぎで
粗野で無教養な国民から奪って、逃げられるように。
神アポロンは僕らに最良のお告げをくださいました。

Und eh' wir die Bedingung fromm erfüllen,
Erfüllt er göttlich sein Versprechen schon.
Orest ist frei, geheilt! – Mit dem Befreiten
O führet uns hinüber, günst'ge Winde,
Zur Felseninsel, die der Gott bewohnt;
Dann nach Mycen, daß es lebendig werde,
Daß von der Asche des verloschnen Herdes
Die Vatergötter fröhlich sich erheben,
Und schönes Feuer ihre Wohnungen
Umleuchte! Deine Hand soll ihnen Weihrauch
Zuerst aus goldnen Schalen streuen. Du
Bringst über jene Schwelle Heil und Leben wieder,
Entsühnst den Fluch und schmückest neu die Deinen
Mit frischen Lebensblüten herrlich aus.

IPHIGENIE. Vernehm' ich dich, so wendet sich, o Teurer,
Wie sich die Blume nach der Sonne wendet,

僕らが信心深くその条件をかなえる前に[†44]
神はオレストへの約束を神々しく果たされたのです。
オレストは解放され、病気も治りました！――ああ、追い風よ、
解放されたオレストとともに僕らを
神アポロンが住む岩の島[†45]に運んでくれ。
それからミケーネへと。そうすればミケーネはよみがえり
火の消えたかまどの灰から
守護神たちが楽しげに立ち上がり
美しい火が彼らの住まいを
照らすでしょう！　あなたの手で真っ先に
金の香炉から守護神たちに香をまいてあげなさい。
あの家の中に幸せと生命を持ち帰り
呪いを清めてください。そうして新たに一家の人々を
新鮮な生命の花で晴れやかに飾り立てるのです。

イフィゲーニエ　ああ、ピュラデス、大切な人、あなたの話を聞いていると
心が知らず知らずのうちに、あなたの言葉の光に打たれて

Die Seele, von dem Strahle deiner Worte
Getroffen, sich dem süßen Troste nach.
Wie köstlich ist des gegenwärt'gen Freundes
Gewisse Rede, deren Himmelskraft
Ein Einsamer entbehrt und still versinkt.
Denn langsam reift, verschlossen in dem Busen,
Gedank' ihm und Entschluß; die Gegenwart
Des Liebenden entwickelte sie leicht.

PYLADES. Leb' wohl! Die Freunde will ich nun geschwind
Beruhigen, die sehnlich wartend harren.
Dann komm' ich schnell zurück und lausche hier
Im Felsenbusch versteckt auf deinen Wink –
Was sinnest du? Auf einmal überschwebt
Ein stiller Trauerzug die freie Stirne.

IPHIGENIE. Verzeih! Wie leichte Wolken vor der Sonne,
So zieht mir vor der Seele leichte Sorge

甘い慰めのほうに向いてしまいます。
花が太陽のほうを向くように。
目の前にいる友だちの自信に満ちたお話は
何と心地よいものでしょう。その神がかった力を
持つこともなく、孤独な人は一人静かに考えるのですが。
というのは計画も決断も、孤独な人には
胸に閉ざされたまま、ゆっくりと熟すものですが
愛する友がそばにいればどんどん膨らんでゆくからです。

ピュラデス　ではこれで！　早く行って友だちを安心させてやりたいのです。
今か今かと待ち焦がれているものですから。
それからまたすぐに戻って、岩の間の茂みに隠れて
あなたの合図をお待ちします――
何を考えているのですか？　突然広い額に
静かな悲しみの影が浮かんできましたが。

イフィゲーニエ　お許しください！　太陽の前を流れる薄い雲のように
わたしの心の前をかすかな不安と心配が

Und Bangigkeit vorüber.
PYLADES. Fürchte nicht!
Betrüglich schloß die Furcht mit der Gefahr
Ein enges Bündnis: beide sind Gesellen.
IPHIGENIE. Die Sorge nenn' ich edel, die mich warnt,
Den König, der mein zweiter Vater ward,
Nicht tückisch zu betrügen, zu berauben.
PYLADES. Der deinen Bruder schlachtet, dem entfliehst du.
IPHIGENIE. Es ist derselbe, der mir Gutes tat.
PYLADES. Das ist nicht Undank, was die Not gebeut.
IPHIGENIE. Es bleibt wohl Undank; nur die Not entschuldigt.
PYLADES. Vor Göttern und vor Menschen dich gewiß.
IPHIGENIE. Allein mein eigen Herz ist nicht befriedigt.
PYLADES. Zu strenge Fordrung ist verborgner Stolz.
IPHIGENIE. Ich untersuche nicht, ich fühle nur.
PYLADES. Fühlst du dich recht, so mußt du dich verehren.

通り過ぎていきます。

ピュラデス　　　　　　恐れてはいけません！

恐怖は危険と偽りの

深い契りを結んできました。恐怖と危険は道連れです。

イフィゲーニエ　わたしの第二の父となった王さまを謀《はか》りごとでだましたり

持ち物を奪ったりしないよう、不安がわたしに警告しています。

　こうした不安は気高いものだと思います。

ピュラデス　ご自分の弟を殺そうとしている男から逃げ出すのです。

イフィゲーニエ　その人こそわたしに良くしてくださった方なのです。

ピュラデス　必然が命じていることは恩知らずではありません。

イフィゲーニエ　恩知らずには変わりありません。必然は弁解にしかなりません。

ピュラデス　神々に対しても人間に対してもきっと十分な弁解となります。

イフィゲーニエ　ただわたし自身の心が満足できません。

ピュラデス　厳しすぎる要求は隠れた高慢の表れです。

イフィゲーニエ　説明はできませんがただそう感じられるのです。

ピュラデス　ご自分を正しいと思われるのなら、ご自分を尊敬しなければいけません。

IPHIGENIE. Ganz unbefleckt genießt sich nur das Herz.
PYLADES. So hast du dich im Tempel wohl bewahrt;
Das Leben lehrt uns, weniger mit uns
Und andern strenge sein: du lernst es auch.
So wunderbar ist dies Geschlecht gebildet,
So vielfach ist's verschlungen und verknüpft,
Daß keiner in sich selbst, noch mit den andern
Sich rein und unverworren halten kann.
Auch sind wir nicht bestellt, uns selbst zu richten;
Zu wandeln und auf seinen Weg zu sehen,
Ist eines Menschen erste, nächste Pflicht:
Denn selten schätzt er recht, was er getan,
Und was er tut, weiß er fast nie zu schätzen.
IPHIGENIE. Fast überredst du mich zu deiner Meinung.
PYLADES. Braucht's Überredung, wo die Wahl versagt ist?
Den Bruder, dich und einen Freund zu retten,

イフィゲーニエ　まったく汚れていないときしか心は楽しめません。
ピュラデス　あなたはそのようにして神殿の中でご自分を守ってきたのですね。
人生が僕らに教えてくれるのは、僕ら自身や他人に対して
もっと寛容であれということです。あなたにもわかるようになります。
人類はまったく見事に作られていて
幾重にも絡みあい、結び合わされています。
それゆえ誰一人として自分自身の中にも、また他人に対しても
純粋に、もつれることなく身を保つことはできないのです。
それに僕らは自分自身を裁くようにはできていません。
歩いて、自分の道を見極めること、
それが人間の最初に果たすべき義務です。
なぜなら人間は自分のしたことをなかなか正しく評価できないし
今していることにはほとんど評価の手立てがないのです。
イフィゲーニエ　あなたに説得されてしまいそうです。
ピュラデス　選択の余地がないのに説得の必要があるでしょうか？
弟とご自分と一人の友だちを救うのに

Ist nur e i n Weg, fragt sich's, ob wir ihn gehn?
IPHIGENIE. O laß mich zaudern! denn du tätest selbst
Ein solches Unrecht keinem Mann gelassen,
Dem du für Wohltat dich verpflichtet hieltest.
PYLADES. Wenn wir zugrunde gehen, wartet dein
Ein härtrer Vorwurf, der Verzweiflung trägt.
Man sieht, du bist nicht an Verlust gewohnt,
Da du, dem großen Übel zu entgehen,
Ein falsches Wort nicht einmal opfern willst.
IPHIGENIE. O trüg' ich doch ein männlich Herz in mir,
Das, wenn es einen kühnen Vorsatz hegt,
Vor jeder andern Stimme sich verschließt!
PYLADES. Du weigerst dich umsonst; die ehrne Hand
Der Not gebietet, und ihr ernster Wink
Ist oberstes Gesetz, dem Götter selbst
Sich unterwerfen müssen. Schweigend herrscht

道は一つしかないのです。僕らがその道を行くかどうか、それでも迷われますか？

イフィゲーニエ　ああ、どうかためらわせてください！　あなただって
親切な振る舞いに対して恩義を感じている人に
平気でこんなひどい仕打ちはしないでしょう。

ピュラデス　僕らが破滅すれば、あなたを待ち受けているのは
もっと厳しい非難であり、それが絶望を生むでしょう。
あなたが失うことに慣れておられないのはよくわかります。
なぜならあなたは大きな不幸から逃れるためであっても
一言たりとも偽りの言葉を捧げたくはないからです。

イフィゲーニエ　ああ、わたしの胸に男のような心があったなら！
男の心ならば、大胆な計画を抱いたとしても
どんな他人の声にも耳を塞いでしまえるのに！

ピュラデス　あなたが拒んでも無駄です。必然という
鉄の手が命じています。その真摯な指図は
神々さえも従わなければならない
最高の掟なのです。永遠の運命のかたくなな妹である

Des ew'gen Schicksals unberatne Schwester.
Was sie dir auferlegt, das trage: tu,
Was sie gebeut. Das andre weißt du. Bald
Komm' ich zurück, aus deiner heil'gen Hand
Der Rettung schönes Siegel zu empfangen.

## FÜNFTER AUFTRITT

Iphigenie (allein). Ich muß ihm folgen: denn die Meinigen
Seh' ich in dringender Gefahr. Doch ach!
Mein eigen Schicksal macht mir bang und bänger.
O soll ich nicht die stille Hoffnung retten,
Die in der Einsamkeit ich schön genährt?
Soll dieser Fluch denn ewig walten? Soll
Nie dies Geschlecht mit einem neuen Segen

必然が黙って支配しているのです。
必然があなたに負わせるものを担い
必然が命ずることをなさってください。
すぐに戻ってきます。あなたの神聖な手から
救いの美しい証である神像を受け取るために。

## 第五場

イフィゲーニエ（独白）　あの人の言うとおりにしなければならない。なぜなら
わたしの一族に危険が差し迫っているからだ。でも、ああ！
わたし自身の運命が案じられて、いっそう不安が募る。
ああ、孤独の中で大切に育んできた
ひそかな希望を救うべきではないだろうか？
こうした呪いは永久につきまとうものなのだろうか？
わたしの一族が新しい祝福を受けて

Sich wieder heben? – Nimmt doch alles ab!
Das beste Glück, des Lebens schönste Kraft
Ermattet endlich: warum nicht der Fluch?
So hofft' ich denn vergebens, hier verwahrt,
Von meines Hauses Schicksal abgeschieden,
Dereinst mit reiner Hand und reinem Herzen
Die schwerbefleckte Wohnung zu entsühnen.
Kaum wird in meinen Armen mir ein Bruder
Vom grimm'gen Übel wundervoll und schnell
Geheilt, kaum naht ein lang' erflehtes Schiff,
Mich in den Port der Vaterwelt zu leiten,
So legt die taube Not ein doppelt Laster
Mit ehrner Hand mir auf: das heilige,
Mir anvertraute, viel verehrte Bild
Zu rauben und den Mann zu hintergehn,
Dem ich mein Leben und mein Schicksal danke.

もう一度立ち上がることはないのだろうか？――すべてが衰えていく！
最高の幸せも、生命のいちばん美しい力も
最後には弱まる！　どうしてこの呪いはそうでないのか？
わたしはここにかくまわれ、わが家の運命から隔てられて暮らしてきた。
それでもいつかは清らかな手と清らかな心で
ひどく汚れたわが家を清めようと望んできた。
こうした望みは無駄だったのか。
わたしの腕に抱かれて弟のひどい狂気が
たちどころにすっかり治ったとたん、
そして長い間待ち望んだ船が
祖国の港へわたしを連れて行こうと近づいてきたとたん
聞く耳を持たない必然が鉄の手で
わたしに二重の罪を負わせてしまう。　わたしに託された
非常に尊く神聖な像を
盗み、わたしの生命と運命の恩人を
欺くという罪を。

O daß in meinem Busen nicht zuletzt
Ein Widerwille keime! der Titanen,
Der alten Götter tiefer Haß auf euch,
Olympier, nicht auch die zarte Brust
Mit Geierklauen fasse! Rettet mich
Und rettet euer Bild in meiner Seele!

Vor meinen Ohren tönt das alte Lied –
Vergessen hatt' ich's und vergaß es gern –,
Das Lied der Parzen, das sie grausend sangen,
Als Tantalus vom goldnen Stuhle fiel:
Sie litten mit dem edlen Freunde; grimmig
War ihre Brust, und furchtbar ihr Gesang.
In unsrer Jugend sang's die Amme mir
Und den Geschwistern vor, ich merkt' es wohl.

ああ、わたしの胸に
嫌悪だけは芽生えませんように！　オリュンポスの神々よ
昔は神であった巨人族が抱くあなた方への深い憎しみが
わたしのか弱い胸までも
禿鷹の爪でつかんだりしませんように！　わたしを救い
わたしの心の中のあなた方の姿をお守りください！

わたしの耳元には昔の歌が響いている――
忘れていたし、忘れたかった歌だ――
タンタロスが黄金の椅子から下界に落ちたとき
運命の女神たちが身の毛もよだつ思いで歌った歌[†46]だ。
女神たちは気高い友タンタロスとともに悩んだ。その胸は
怒りにあふれ、その歌は恐ろしかった。
わたしたちが幼いころ、乳母がわたしや妹弟たちに
歌って聞かせたので、わたしはその歌を覚えてしまった。

Es fürchte die Götter
Das Menschengeschlecht!
Sie halten die Herrschaft
In ewigen Händen,
Und können sie brauchen,
Wie's ihnen gefällt.

Der fürchte sie doppelt,
Den je sie erheben!
Auf Klippen und Wolken
Sind Stühle bereitet
Um goldene Tische.

Erhebet ein Zwist sich,
So stürzen die Gäste,

人間よ、
神々を恐れよ！
神々はその支配を
永遠の手に握り
意のままに
それを使いたもう。

天上に召されし人間は
地上の倍も神々を恐れよ！
断崖と雲の上の
黄金の食卓の周りに
椅子が用意されている。

争いが起これば
客人たちは転落する。

Geschmäht und geschändet,
In nächtliche Tiefen
Und harren vergebens,
Im Finstern gebunden,
Gerechten Gerichtes.

Sie aber, sie bleiben
In ewigen Festen
An goldenen Tischen.
Sie schreiten vom Berge
Zu Bergen hinüber:
Aus Schlünden der Tiefe
Dampft ihnen der Atem
Erstickter Titanen,
Gleich Opfergerüchen,
Ein leichtes Gewölke.

ののしられ、辱められて
奈落の底へと。
そして闇の中につながれ
正しい裁きを
むなしく待っている。

しかし神々は、神々は
黄金の食卓で
永遠の饗宴を続けている。
神々は山から
山へと足を運ぶ。
奈落の深遠から
息がつまった巨人族の
喘《あえ》ぎが立ちのぼる。
生け贄の臭いのように
軽やかな雲となって。

Es wenden die Herrscher
Ihr segnendes Auge
Von ganzen Geschlechtern
Und meiden, im Enkel
Die ehmals geliebten,
Still redenden Züge
Des Ahnherrn zu sehn.

So sangen die Parzen;
Es horcht der Verbannte
In nächtlichen Höhlen,
Der Alte, die Lieder,
Denkt Kinder und Enkel
Und schüttelt das Haupt.

支配者である神々は
慈悲深い眼を
タンタロス一族からそらせ
かつて愛した祖先の面影が
今なおその子孫の中に
静かに息づいているのを
見ようとはなさらない。

運命の女神たちはこう歌った。
追放されたタンタロスは
夜の洞窟でこの歌に
じっと耳を傾け
子や孫のことを思っては
老いたる頭を振っている。

# FÜNFTER AUFZUG

## ERSTER AUFTRITT

Thoas. Arkas.

ARKAS. Verwirrt muß ich gestehn, daß ich nicht weiß,
Wohin ich meinen Argwohn richten soll.
Sind's die Gefangnen, die auf ihre Flucht
Verstohlen sinnen? Ist's die Priesterin,
Die ihnen hilft? Es mehrt sich das Gerücht:
Das Schiff, das diese beiden hergebracht,
Sei irgend noch in einer Bucht versteckt.
Und jenes Mannes Wahnsinn, diese Weihe,
Der heil'ge Vorwand dieser Zögrung, rufen
Den Argwohn lauter und die Vorsicht auf.

# 第五幕

## 第一場

トーアスとアルカス

アルカス　困惑しながら白状しなければなりません。
疑いの眼をどこに向けたらいいのかわからないのです。
ひそかに逃亡を企てているのは
あの捕虜たちなのか？　それとも彼らを助けているのは
あの巫女殿なのか？　うわさが広がっています。
二人を運んできた船が
入り江のどこかに隠されていると言うのです。
あの男の狂気とか、神像の祓い清めとか、
儀式を遅らせるための侵しがたい口実は
疑いと警戒ばかりを呼び起こします。

Thoas. Es komme schnell die Priesterin herbei!
Dann geht, durchsucht das Ufer scharf und schnell
Vom Vorgebirge bis zum Hain der Göttin.
Verschonet seine heil'gen Tiefen, legt
Bedächt'gen Hinterhalt und greift sie an;
Wo ihr sie findet, faßt sie, wie ihr pflegt.

## ZWEITER AUFTRITT

Thoas (allein). Entsetzlich wechselt mir der Grimm im Busen:
Erst gegen sie, die ich so heilig hielt,
Dann gegen mich, der ich sie zum Verrat
Durch Nachsicht und durch Güte bildete.
Zur Sklaverei gewöhnt der Mensch sich gut
Und lernet leicht gehorchen, wenn man ihn

トーアス　急いで巫女をここに連れてこさせよ！
それから行って、岬から女神の森まで
くまなく海辺を調べよ。
神聖な森の奥には踏み込まぬよう、
慎重に待ち伏せして、彼らを襲え。
見つけしだい、いつものとおりその場で取り押さえるのだ。

## 第二場

トーアス（独白）　胸の内で怒りの矛先が激しく入れ替わる。
まずはあんなに神聖だと思ったあの女に対して。
次に思いやりや好意であの女を
裏切り者にしてしまった自分自身に対して。
人間というものは、自由を完全に奪ってしまうと
奴隷の身分によく慣れて

Der Freiheit ganz beraubt. Ja, wäre sie
In meiner Ahnherrn rohe Hand gefallen,
Und hätte sie der heil'ge Grimm verschont:
Sie wäre froh gewesen, sich allein
Zu retten, hätte dankbar ihr Geschick
Erkannt und fremdes Blut vor dem Altar
Vergossen, hätte Pflicht genannt,
Was Not war. Nun lockt meine Güte
In ihrer Brust verwegnen Wunsch herauf.
Vergebens hofft' ich, sie mir zu verbinden:
Sie sinnt sich nun ein eigen Schicksal aus.
Durch Schmeichelei gewann sie mir das Herz:
Nun widersteh' ich der, so sucht sie sich
Den Weg durch List und Trug, und meine Güte
Scheint ihr ein alt verjährtes Eigentum.

たやすく服従することを覚える。そうだ、あの女も
私の祖先の野蛮な手に落ちて
その上で神聖な怒りから免れていれば
自分の生命が助かっただけでもうれしく思っただろう。
わが身の運命をありがたく身に受けて
女神の祭壇の前で異邦人の血を流し
やむをえないことを義務だと言ったろう。
ところが私が親切にしたばかりに
あの女の胸に大胆な望みを抱かせることになった。
私はあの女を妻にしようとしたが駄目だった。
女のほうは今では自分自身の運命に思いを巡らせている。
おもねることであの女は私の心を勝ち取った。
だが私がそれに抵抗しだすと、今度は
策略と欺瞞とで道を切り開こうとする。そして私の親切など
古びた自分の持ち物ぐらいにしか思っていないのだ。

## DRITTER AUFTRITT

Iphigenie. Thoas.

Iphigenie. Du forderst mich! Was bringt dich zu uns her?
Thoas. Du schiebst das Opfer auf; sag' an, warum?
Iphigenie. Ich hab' an Arkas alles klar erzählt.
Thoas. Von dir möcht' ich es weiter noch vernehmen.
Iphigenie. Die Göttin gibt dir Frist zur Überlegung.
Thoas. Sie scheint dir selbst gelegen, diese Frist.
Iphigenie.
Wenn dir das Herz zum grausamen Entschluß
Verhärtet ist, so solltest du nicht kommen!
Ein König, der Unmenschliches verlangt,
Findt Diener gnug, die gegen Gnad' und Lohn
Den halben Fluch der Tat begierig fassen;
Doch seine Gegenwart bleibt unbefleckt.
Er sinnt den Tod in einer schweren Wolke,

## 第三場

イフィゲーニエとトーアス

イフィゲーニエ　お呼びですね！　どうしてこちらへお越しでしょうか？
トーアス　そなたは生け贄の儀式を引き延ばしている。言ってくれ、なぜなのだ？
イフィゲーニエ　アルカスにすべてはっきりお話しました。
トーアス　そなたからもっと詳しく聞きたいのだ。
イフィゲーニエ　女神さまが王さまによくお考えになるための猶予を与えておられるのです。
トーアス　その猶予とやらがそなたには好都合なように見えるのだが。
イフィゲーニエ　もし王さまのお心が残酷な決意を
　固めておいでなら、王さま、あなたは来るべきではなかったのです。
　とある王が非人間的なことを要求したとします。
　寵愛や報償目当てに、そんな行為が生み出す呪いの半分を
　すすんで担いたがる家来はいくらでもいるでしょう。
　確かに王の存在は汚されずにすむわけです。
　王たる者が厚い雲の中で死を望めば

Und seine Boten bringen flammendes
Verderben auf des Armen Haupt hinab;
Er aber schwebt durch seine Höhen ruhig,
Ein unerreichter Gott, im Sturme fort.
THOAS. Die heil'ge Lippe tönt ein wildes Lied.
IPHIGENIE. Nicht Priesterin! nur Agamemnons Tochter.
Der Unbekannten Wort verehrtest du,
Der Fürstin willst du rasch gebieten? Nein!
Von Jugend auf hab' ich gelernt gehorchen,
Erst meinen Eltern und dann einer Gottheit,
Und folgsam fühlt' ich immer meine Seele
Am schönsten frei; allein dem harten Worte,
Dem rauhen Ausspruch eines Mannes mich
Zu fügen, lernt' ich weder dort noch hier.
THOAS. Ein alt Gesetz, nicht ich, gebietet dir.
IPHIGENIE. Wir fassen ein Gesetz begierig an,

彼の使者たちが燃え立つ破滅の刃を
哀れな者の頭上に振り下ろします。
王はしかし比類なき神のように
嵐の中、悠然と高みを漂ってゆくのです。
トーアス　神聖な唇から野蛮な歌が響き渡っている。
イフィゲーニエ　わたしは巫女ではありません！　アガメムノンの娘に過ぎません。
素性の知れない女の言葉には敬意を払ってこられたのに
王女とわかればたちまち命令なさろうとするのですか？　いけません！
幼いころからわたしは服従することを学んできました。
最初は両親に対して、それから神さまに対してです。
従順であることでわたしの心はいつも
素晴らしく自由だと感じてきました。ただ男の冷酷な言葉や
粗暴な求めに従うことは
祖国でもここでも学んできませんでした。
トーアス　私ではなく、古くからの掟がそなたに命じているのだ。
イフィゲーニエ　人は皆、自分たちを武器のとりこにしてしまうような

Das unsrer Leidenschaft zur Waffe dient.
Ein andres spricht zu mir: ein älteres,
Mich dir zu widersetzen, das Gebot,
Dem jeder Fremde heilig ist.

THOAS. Es scheinen die Gefangnen dir sehr nah
Am Herzen: denn vor Anteil und Bewegung
Vergissest du der Klugheit erstes Wort,
Daß man den Mächtigen nicht reizen soll.

IPHIGENIE. Red' oder schweig' ich, immer kannst du wissen,
Was mir im Herzen ist und immer bleibt.
Löst die Erinnerung des gleichen Schicksals
Nicht ein verschloßnes Herz zum Mitleid auf?
Wie mehr denn meins! In ihnen seh' ich mich.
Ich habe vorm Altare selbst gezittert,
Und feierlich umgab der frühe Tod
Die Knieende: das Messer zuckte schon,

掟を貪欲に捕らえたがるものなのです。
別の掟が、もっと古くからの掟が
あなたに反抗するようわたしに語りかけています。それは
異邦人はすべて神聖だとする掟です。

トーアス　捕虜たちのことがそなたにはひどく
気がかりなようだな。そなたは同情と感動のあまり
権力者を怒らせてはならぬという、
賢明さの中で何よりも重要なことを忘れているではないか。

イフィゲーニエ　わたしが話をしていても、黙っていても、あなたはいつも
わたしの心にあって消えないものをご存知のはずです。
同じ運命を思い起こすことで
閉ざされた心がほぐれ、同情が生まれるのではないでしょうか？
わたしの場合はなおさらそうです！　わたしはあの人たちに自分の姿を重ねています。
かつてはわたし自身が祭壇の前で震えておりました。
早すぎる死がひざまずく女を
厳かに取り囲みました。刃がすでにきらめいて

Den lebenvollen Busen zu durchbohren;
Mein Innerstes entsetzte wirbelnd sich,
Mein Auge brach, und – ich fand mich gerettet.
Sind wir, was Götter gnädig uns gewährt,
Unglücklichen nicht zu erstatten schuldig?
Du weißt es, kennst mich, und du willst mich zwingen!

THOAS. Gehorche deinem Dienste, nicht dem Herrn.

IPHIGENIE. Laß ab! Beschönige nicht die Gewalt,
Die sich der Schwachheit eines Weibes freut.
Ich bin so frei geboren als ein Mann.
Stünd, Agamemnons Sohn dir gegenüber,
Und du verlangtest, was sich nicht gebührt,
So hat auch er ein Schwert und einen Arm,
Die Rechte seines Busens zu verteid'gen.
Ich habe nichts als Worte, und es ziemt
Dem edlen Mann, der Frauen Wort zu achten.

生命に満ちた胸を突き刺そうとしていました。
心の奥では恐れが渦巻き
わたしは目がくらみました。そして——気がついたら救われていたのです。
わたしたちには神々が慈悲深く与えてくださったものを
不幸な人たちに分け与える義務があるのではないでしょうか？
そのことも、わたしのことも、ご存知の上でわたしに無理強いなさるなんて！

トーアス　そなたの務めに従えといっただけで、王にではない。

イフィゲーニエ　やめてください！　女の弱さを楽しむような
暴力を美化しないでください。
わたしは男と同じように自由に生まれつきました。
もしアガメムノンの息子があなたの前に立ち
あなたから不当なことを要求されたら
彼もまた剣と腕を頼りに
自分の心の正義を守ろうとするでしょう。
わたしには言葉しかありません。そして女の言葉を重んじるのは
気高い男の方にふさわしいことなのです。

THOAS. Ich acht' es mehr als eines Bruders Schwert.
IPHIGENIE. Das Los der Waffen wechselt hin und her:
Kein kluger Streiter hält den Feind gering.
Auch ohne Hilfe gegen Trutz und Härte
Hat die Natur den Schwachen nicht gelassen.
Sie gab zur List ihm Freude, lehrt' ihn Künste:
Bald weicht er aus, verspätet und umgeht.
Ja, der Gewaltige verdient, daß man sie übt.
THOAS. Die Vorsicht stellt der List sich klug entgegen.
IPHIGENIE. Und eine reine Seele braucht sie nicht.
THOAS. Sprich unbehutsam nicht dein eigen Urteil.
IPHIGENIE. O sähest du, wie meine Seele kämpft,
Ein bös Geschick, das sie ergreifen will,
Im ersten Anfall mutig abzutreiben!
So steh' ich denn hier wehrlos gegen dich?
Die schöne Bitte, den anmut'gen Zweig,

トーアス　私はそなたの言葉を兄弟の剣よりも重んじている。
イフィゲーニエ　武器による勝負はどう転ぶかわかりません。
賢い戦士は敵を侮りません。
自然もまた反抗や非情さに対して、弱い者を助けないで
放っておくようなことはしませんでした。
自然は弱い者に策略の喜びを与え、さまざまな技を教えます。
すばやく避けたり、先延ばししたり、回り道したりするのです。
じっさい暴力を振るう者はこうした技で抵抗されても仕方がないのです。
トーアス　策略には用心深さが賢く対処してくれる。
イフィゲーニエ　清い心には策略などいらないのです。
トーアス　わが身を裁くような言葉は不用意に発するものではない。
イフィゲーニエ　ああ、わたしの心に襲いかかろうとする悪運を
最初の襲撃で勇敢に払いのけようとして
どんなにわたしの心が闘っているか、ご覧になっていただけたら！
わたしはここであなたに対して無防備のまま立っているのでしょうか？
女の手の中の優美な小枝[†47]は

In einer Frauen Hand gewaltiger
Als Schwert und Waffe, stößest du zurück:
Was bleibt mir nun, mein Innres zu verteid'gen?
Ruf' ich die Göttin um ein Wunder an?
Ist keine Kraft in meiner Seele Tiefen?

THOAS. Es scheint, der beiden Fremden Schicksal macht
Unmäßig dich besorgt. Wer sind sie, sprich,
Für die dein Geist gewaltig sich erhebt?

IPHIGENIE. Sie sind – sie scheinen – für Griechen halt' ich sie.

THOAS. Landsleute sind es? und sie haben wohl
Der Rückkehr schönes Bild in dir erneut?

IPHIGENIE (nach einigem Stillschweigen).
Hat denn zur unerhörten Tat der Mann
Allein das Recht? Drückt denn Unmögliches
Nur er an die gewalt'ge Heldenbrust?
Was nennt man groß? Was hebt die Seele schaudernd

剣よりも武器よりも強いと言います。小枝に託された
美しい願いもあなたは突き返してしまわれます。
心の内を守るのに今のわたしには何が残されているのでしょう？
女神さまに奇跡を嘆願すればいいのでしょうか？
わたしの心の奥底には何の力もないのでしょうか？

トーアス　二人の異邦人の運命がとてつもなく気がかりなようだな。
そなたの心が激しく高揚するあの二人はいったい
誰なのだ？　言うがよい！

イフィゲーニエ　二人は——見たところ——ギリシア人だと思います。

トーアス　同国人なのか？　だから恐らく
そなたの心に帰郷の甘い夢をよみがえらせたのだな？

イフィゲーニエ（しばらく沈黙したのちに）
前代未聞の行為を起こすのは男にだけ許された
権利なのでしょうか？　男だけが、不可能なことを
荒々しい英雄の胸に抱いているのでしょうか？
何を偉大と呼ぶのでしょう？　いつもくり返し物語る

Dem immer wiederholenden Erzähler,
Als was mit unwahrscheinlichem Erfolg
Der Mutigste begann? Der in der Nacht
Allein das Heer des Feindes überschleicht,
Wie unversehen eine Flamme wütend
Die Schlafenden, Erwachenden ergreift,
Zuletzt, gedrängt von den Ermunterten,
Auf Feindes Pferden doch mit Beute kehrt,
Wird der allein gepriesen? der allein,
Der, einen sichern Weg verachtend, kühn
Gebirg' und Wälder durchzustreifen geht,
Daß er von Räubern eine Gegend säubre?
Ist uns nichts übrig? Muß ein zartes Weib
Sich ihres angebornen Rechts entäußern,
Wild gegen Wilde sein, wie Amazonen
Das Recht des Schwerts euch rauben und mit Blute

吟遊詩人の心を震えさせ高揚させるものは何なのでしょう？
もっとも勇敢な男がありえないような成果で始める
話以外に何があると言えましょう？　夜に
たった一人で敵の軍勢に忍び寄り[†48]
突然炎のように荒れ狂いながら
眠っている兵も起きている兵も残らず襲い
最後には目を覚ました相手から追いやられながらも
敵の馬に乗り、略奪品を持ち帰る者、
そういう者だけが称賛されるのでしょうか？
安全な道をさげすみ[†49]、大胆にもたった一人で
山や森を歩き回って、あたり一帯の盗賊を退治する者、
そういう者だけが称賛されるのでしょうか？
わたしたち女には何も残されていないのでしょうか？
か弱い女も生まれつきの権利を放棄して
野蛮には野蛮とばかり、アマゾン族のように
剣を持つ権利をあなたがた男から奪い取り、血でもって

Die Unterdrückung rächen? Auf und ab
Steigt in der Brust ein kühnes Unternehmen:
Ich werde großem Vorwurf nicht entgehn,
Noch schwerem Übel, wenn es mir mißlingt;
Allein e u c h leg' ich's auf die Kniee! Wenn
Ihr wahrhaft seid, wie ihr gepriesen werdet,
So zeigt's durch euern Beistand und verherrlicht
Durch mich die Wahrheit! – Ja, vernimm, o König,
Es wird ein heimlicher Betrug geschmiedet:
Vergebens fragst du den Gefangnen nach;
Sie sind hinweg und suchen ihre Freunde,
Die mit dem Schiff am Ufer warten, auf.
Der ältste, den das Übel hier ergriffen
Und nun verlassen hat – es ist Orest,
Mein Bruder, und der andre sein Vertrauter,
Sein Jugendfreund, mit Namen Pylades.

抑圧の復讐をしなければならないのでしょうか？
この胸には大胆な企てが浮かんだり消えたりしています。
もしわたしがそれに失敗すれば
大きな非難と重い不幸を免れられないでしょう。
神々よ、あなた方にすべてをお任せします！　もし
あなた方がほめたたえられるような誠実なお方なら
あなた方のご加護でそれを示し、わたしの振る舞いによって
真実を称賛してください！　――ああ、王さま、お聞きください
ひそかに謀りごとがもくろまれています。
あの捕虜たちのことを尋ねても無駄です。
二人はもう立ち去り、海辺の船で待ち受けている
彼らの友人を探しに出かけました。
年上の男は、ここで狂気に取りつかれ
今はもう治ったのですが――あれはオレストです。
わたしの弟です。そしてもう一人は弟の親友、
幼なじみでピュラデスといいます。

Apoll schickt sie von Delphi diesem Ufer
Mit göttlichen Befehlen zu, das Bild
Dianens wegzurauben und zu ihm
Die Schwester hinzubringen, und dafür
Verspricht er dem von Furien Verfolgten,
Des Mutterblutes Schuldigen, Befreiung.
Und beide hab' ich nun, die Überbliebnen
Von Tantals Haus, in deine Hand gelegt:
Verdirb uns – wenn du darfst.

THOAS. Du glaubst, es höre
Der rohe Skythe, der Barbar, die Stimme
Der Wahrheit und der Menschlichkeit, die Atreus,
Der Grieche, nicht vernahm?

IPHIGENIE. Es hört sie jeder,
Geboren unter jedem Himmel, dem
Des Lebens Quelle durch den Busen rein

アポロンの神が二人をデルフォイからこの海辺に送りました。
ディアーナさまのご神像を奪い取り
妹神を兄アポロンのもとへと連れ戻せという
神聖な命令をお与えになり、それと引き換えに
母親殺しの罪で復讐の女神に追われている弟を
自由の身にしてやると約束なさったのです。
今わたしはタンタロス一族の生き残りである
わたしたち姉弟をあなたの手に委ねます。
わたしたちを滅ぼしてください——もしそれが必要ならば。

トーアス

そなたは
ギリシア人のアトレウスにさえ聞こえなかった
真理の声、人間性の声を、粗野で野蛮な
スキタイ人のこの私が聞くとでも思っているのか？

イフィゲーニエ

どんな空の下に
生まれようとも、生命の泉が
その胸を清らかに、遮るものなく流れる者ならば

Und ungehindert fließt. – Was sinnst du mir,
O König, schweigend in der tiefen Seele?
Ist es Verderben? so töte mich zuerst!
Denn nun empfind' ich, da uns keine Rettung
Mehr übrigbleibt, die gräßliche Gefahr,
Worein ich die Geliebten übereilt
Vorsätzlich stürzte. Weh! Ich werde sie
Gebunden vor mir sehn! Mit welchen Blicken
Kann ich von meinem Bruder Abschied nehmen,
Den ich ermorde? Nimmer kann ich ihm
Mehr in die vielgeliebten Augen schaun!
THOAS. So haben die Betrüger künstlich dichtend,
Der lang' Verschloßnen, ihre Wünsche leicht
Und willig Glaubenden ein solch Gespinst
Ums Haupt geworfen!
IPHIGENIE. Nein! o König, nein!

その声を聞かないはずはありません。——ああ、王さま
黙ったまま、心の奥で何をお考えなのですか？
破滅でしょうか？　それならまずわたしを殺してください！
というのは、もはやどのような救いも残されていない今
わたしは恐ろしい危うさを感じているからです。
早まってこともあろうに愛する二人を
陥れてしまった危うさです。つらい！　わたしは二人が
縛られた姿をまのあたりに見るでしょう！　自分の手で殺す弟に
どんな顔をして別れを告げたりできましょうか？
弟のあのいとおしい眼を
もうこれ以上見ることができません。

トーアス　そんなふうに詐欺師どもがまんまとでっち上げて
たくらみの網を投げかけたのだ！
長い間隔離され、人の頼みをたやすく
従順に信じてしまう女の周りに。

イフィゲーニエ　いいえ！　ああ、王さま、違います！

Ich könnte hintergangen werden; diese
Sind treu und wahr. Wirst du sie anders finden,
So laß sie fallen und verstoße mich,
Verbanne mich zur Strafe meiner Torheit
An einer Klippeninsel traurig Ufer.
Ist aber dieser Mann der lang' erflehte,
Geliebte Bruder, so entlaß uns, sei
Auch den Geschwistern wie der Schwester freundlich.
Mein Vater fiel durch seiner Frauen Schuld,
Und sie durch ihren Sohn. Die letzte Hoffnung
Von Atreus' Stamme ruht auf ihm allein.
Laß mich mit reinem Herzen, reiner Hand
Hinübergehn und unser Haus entsühnen.
Du hältst mir Wort! – Wenn zu den Meinen je
Mir Rückkehr zubereitet wäre, schwurst
Du, mich zu lassen; und sie ist es nun.

わたしはだまされやすい人間かもしれません。でもあの二人は
正直で誠実な人たちです。もしそうでないとお思いなら
二人を殺し、わたしを追い出してください。
この身の愚かさを罰するためにわたしを
断崖絶壁の島の悲しい海辺に追放なさってください。
でももしこの男が長い間会いたいと思っていた
愛する弟であるならば、どうかわたしたちを解放してください。
姉のわたしだけでなく、弟たち二人にも優しくしてください。
わたしの父は妻の罪によって倒れ
母は息子によって殺されました。この息子に
アトレウス一族の最後の望みがかかっているのです。
わたしを清らかな心、清らかな手のままに
祖国に帰らせ、わたしたちの家の罪を清めさせてください。
約束をお守りください！――家族のところへ帰る
準備が整ったら、帰してやるとの
お約束でした。そして今その時が来たのです。

Ein König sagt nicht, wie gemeine Menschen,
Verlegen zu, daß er den Bittenden
Auf einen Augenblick entferne, noch
Verspricht er auf den Fall, den er nicht hofft:
Dann fühlt er erst die Höhe seiner Würde,
Wenn er den Harrenden beglücken kann.

Thoas. Unwillig, wie sich Feuer gegen Wasser
Im Kampfe wehrt und gischend seinen Feind
Zu tilgen sucht, so wehret sich der Zorn
In meinem Busen gegen deine Worte.

Iphigenie. O laß die Gnade, wie das heil'ge Licht
Der stillen Opferflamme, mir, umkränzt
Von Lobgesang und Dank und Freude, lodern.

Thoas. Wie oft besänftigte mich diese Stimme!

Iphigenie. O reiche mir die Hand zum Friedenszeichen.

Thoas. Du forderst viel in einer kurzen Zeit.

王たる者は並の人間と違って
困惑したときにも、嘆願する者を
ほんの一瞬でも遠ざけることをよしとしたり
自分が望まないことを約束したりはしないものです。
待ち焦がれている者に幸せを授けてやれる時に
はじめて王たるものは自らの威厳の高さを感じるのです。

トーアス　ちょうど火が水と争って
必死になって抵抗し、荒れ狂ってその敵を
消し去ろうとするように、私の胸でも
怒りがそなたの言葉に激しく抵抗している。

イフィゲーニエ　ああ、王さまの恵みを
称賛の歌と感謝と喜びに包まれて燃え上がらせてください。
静かに燃える生け贄の炎の神聖な光のように。

トーアス　この声が何度私の心を和らげてくれたことだろう！

イフィゲーニエ　ああ、どうか平和のしるしにお手をくださいませ！

トーアス　わずかの間にそなたはずいぶん多くのことを要求するのだな。

IPHIGENIE. Um Guts zu tun, braucht's keiner Überlegung.
THOAS. Sehr viel! denn auch dem Guten folgt das Übel.
IPHIGENIE. Der Zweifel ist's, der Gutes böse macht.
Bedenke nicht; gewähre, wie du's fühlst.

## VIERTER AUFTRITT

Orest, gewaffnet. Die Vorigen.

OREST (nach der Szene gekehrt).
Verdoppelt eure Kräfte! Haltet sie
Zurück! Nur wenig Augenblicke! Weicht
Der Menge nicht und deckt den Weg zum Schiffe
Mir und der Schwester!
(Zu Iphigenien, ohne den König zu sehen.)
Komm, wir sind verraten.

イフィゲーニエ　善いことをするのに考える必要はありません。
トーアス　大いにある！　なぜなら善に悪が続くこともあるからな。
イフィゲーニエ　疑いこそ善を悪に変えるものです。
思案なさらず、感じるがままに願いをお認めください。

## 第四場

武装したオレスト、前場の人びと

オレスト（背景のほうを向いて）
頑張ってくれ！　やつらを
食い止めてくれ！　ほんのしばらくの間だ！
多勢に屈せず、僕と姉のために
船への道を守ってくれ。
（王には気づかず、イフィゲーニエに向かって）
さあ、早く！　計画がばれてしまいました。

Geringer Raum bleibt uns zur Flucht. Geschwind!
(Er erblickt den König.)

THOAS (nach dem Schwerte greifend).
In meiner Gegenwart führt ungestraft
Kein Mann das nackte Schwert.

IPHIGENIE. Entheiliget
Der Göttin Wohnung nicht durch Wut und Mord.
Gebietet eurem Volke Stillstand, höret
Die Priesterin, die Schwester!

OREST. Sage mir!
Wer ist es, der uns droht?

IPHIGENIE. Verehr' in ihm
Den König, der mein zweiter Vater ward!
Verzeih mir, Bruder! doch mein kindlich Herz
Hat unser ganz Geschick in seine Hand
Gelegt. Gestanden hab' ich euern Anschlag

逃亡のチャンスはわずかです。急いで！

（王の姿に気づく）

トーアス（剣に手をのばして）
私の目の前で抜き身の剣を振るおうとする者は
罰せられずにはすまないぞ。

イフィゲーニエ　神聖なる
女神さまの居場所を憤《いきどお》りや殺人で汚してはなりません。
双方ともに停戦を命じ、お聞きください、
巫女の言うことを、姉の言うことを！

オレスト　言ってください！
われわれを脅しているこの男は何者ですか？

イフィゲーニエ　尊い
王さまです。わたしの第二の父となってくださった方です！
許してください、弟よ！　わたしの無邪気な心は
わたしたちの運命のすべてを王さまの手に委ねました。
あなたたちの計画を王さまに打ち明け

Und meine Seele vom Verrat gerettet.
Orest. Will er die Rückkehr friedlich uns gewähren?
Iphigenie.
Dein blinkend Schwert verbietet mir die Antwort.
Orest (der das Schwert einsteckt).
So sprich! Du siehst, ich horche deinen Worten.

## FÜNFTER AUFTRITT

Die Vorigen. Pylades. Bald nach ihm Arkas.
Beide mit bloßen Schwertern.

Pylades. Verweilet nicht! Die letzten Kräfte raffen
Die Unsrigen zusammen; weichend werden
Sie nach der See langsam zurückgedrängt.
Welch ein Gespräch der Fürsten find' ich hier!
Dies ist des Königes verehrtes Haupt!
Arkas. Gelassen, wie es dir, o König, ziemt,

わたしの心を裏切りから救いました。

オレスト　王はわれわれの帰国をすんなりと認めてくれるでしょうか？

イフィゲーニエ　そんな抜き身の剣を見せられたらわたしには答えられません。

オレスト（剣をさやに収める）

さあ、話してください！　ご覧のとおりあなたの言葉に従いました。

## 第五場

前場の人びと、ピュラデス、すぐそれに続いてアルカス。二人とも抜き身の剣を携えて

ピュラデス　ぐずぐずするな！　味方は
最後の力を振り絞っている。退きながら
だんだん海のほうへ追い立てられている。
何とこんなところで王侯同士が会談をしている！
この男こそ皆から敬われているこの国の王だ！

アルカス　ああ、王様、王にふさわしく泰然と

Stehst du den Feinden gegenüber. Gleich
Ist die Verwegenheit bestraft; es weicht
Und fällt ihr Anhang, und ihr Schiff ist unser.
Ein Wort von dir, so steht's in Flammen.

THOAS. Geh!
Gebiete Stillstand meinem Volke! Keiner
Beschädige den Feind, solang' wir reden.
(Arkas ab.)

OREST. Ich nehm' es an. Geh, sammle, treuer Freund,
Den Rest des Volkes; harret still, welch Ende
Die Götter unsern Taten zubereiten.
(Pylades ab.)

## SECHSTER AUFTRITT

Iphigenie. Thoas. Orest.

敵に立ち向かっておられますな。すぐに
敵の無謀な行動は罰せられます。一味の者は
逃げたり、倒れたりで、敵の船ももうこちらのものです。
王様、あなたの一言で船は炎に包まれます。

トーアス　行け！
味方に停戦を命ぜよ！　誰も
この会談が続く限り、敵に刃《やいば》を向けてはならぬぞ。

（アルカス退場）

オレスト　よし、受け入れよう。忠実なる友よ、
行って、味方の残りを集めてくれ。神々がわれわれの行動に
どのような結末を用意しているのか、楽しみにしていてくれ。

（ピュラデス退場）

## 第六場

イフィゲーニエ、トーアス、オレスト

IPHIGENIE. Befreit von Sorge mich, eh' ihr zu sprechen
Beginnet. Ich befürchte bösen Zwist,
Wenn du, o König, nicht der Billigkeit
Gelinde Stimme hörest, du, mein Bruder,
Der raschen Jugend nicht gebieten willst.
THOAS. Ich halte meinen Zorn, wie es dem Ältern
Geziemt, zurück. Antworte mir! Womit
Bezeugst du, daß du Agamemnons Sohn
Und Dieser Bruder bist?
OREST. Hier ist das Schwert,
Mit dem er Trojas tapfre Männer schlug.
Dies nahm ich seinem Mörder ab und bat
Die Himmlischen, den Mut und Arm, das Glück
Des großen Königes mir zu verleihn
Und einen schönern Tod mir zu gewähren.
Wähl' einen aus den Edeln deines Heers

イフィゲーニエ　あなたたちが話し合いを始める前に、まずわたしの心配を
取り除いてください。ああ王さま、あなたが正当で穏やかな声に
耳をお貸しにならず、オレスト、あなたも
性急な若さを抑えようとしなければ
ひどい争いになるのではないかと心配なのです。

トーアス　私は年齢にふさわしく、胸の怒りを
抑えよう。答えなさい！
そなたは何を証拠にアガメムノンの息子、
そしてこの者の弟であると言えるのだ？

オレスト　　　　　　　　　　ここにある剣は
父がトロイアの勇敢な男たちを打ち倒したものです。
僕はこれを父を殺した男から奪い取りました。
そして神々にお願いしました。
偉大な王の勇気と力と幸運を僕に授けたまえ、
そして父よりも立派な死を与えたまえ、と。
あなたの軍勢の気高い者の中からいちばん優れた男を選んで

Und stelle mir den Besten gegenüber.
So weit die Erde Heldensöhne nährt,
Ist keinem Fremden dies Gesuch verweigert.
THOAS. Dies Vorrecht hat die alte Sitte nie
Dem Fremden hier gestattet.
OREST. So beginne
Die neue Sitte denn von dir und mir!
Nachahmend heiliget ein ganzes Volk
Die edle Tat der Herrscher zum Gesetz.
Und laß mich nicht allein für unsre Freiheit,
Laß mich, den Fremden für die Fremden, kämpfen!
Fall, ich, so ist ihr Urteil mit dem meinen
Gesprochen; aber gönnet mir das Glück,
Zu überwinden, so betrete nie
Ein Mann dies Ufer, dem der schnelle Blick
Hilfreicher Liebe nicht begegnet, und

この僕と勝負させてください。
地上のどこにでも勇士は育っているのですから
相手が異邦人だからといってこの申し出を拒めるものではありません。

トーアス　この国の古いしきたりはそういう特権を
異邦人には決して許してこなかった。

オレスト　それでは
あなたと僕とで新しいしきたりを始めていただきたい！
そうすれば国民は皆、支配者の気高い行為を
模範として崇め、掟とするでしょう。
そしてこの僕をわれわれの自由のためだけでなく
異邦人として異邦人のために戦わせてください！
もし僕が倒されれば、それは僕とともにすべての異邦人に
裁きが下されたことになります。でも幸運に恵まれて
僕が勝利するようならば、この海辺に
足を踏み入れる者は誰も皆
親切な愛のまなざしにたちまち迎えられ

Getröstet scheide jeglicher hinweg!
THOAS. Nicht unwert scheinest du, o Jüngling, mir
Der Ahnherrn, deren du dich rühmst, zu sein.
Groß ist die Zahl der edeln, tapfern Männer,
Die mich begleiten; dich ich stehe selbst
In meinen Jahren noch dem Feinde, bin
Bereit, mit dir der Waffen Los zu wagen.
IPHIGENIE. Mit nichten! Dieses blutigen Beweises
Bedarf es nicht, o König! Laßt die Hand
Vom Schwerte! Denkt an mich und mein Geschick.
Der rasche Kampf verewigt einen Mann:
Er falle gleich, so preiset ihn das Lied.
Allein die Tränen, die unendlichen,
Der überbliebnen, der verlaßnen Frau
Zählt keine Nachwelt, und der Dichter schweigt
Von tausend durchgeweinten Tag' und Nächten,

心癒されて、この地を去るようにしていただきたい！

トーアス　ああ、若者よ、そなたはそなたが誇りとする
祖先の名に値する人物のようだ。
私につき従う気高く勇敢な男たちは
たくさんいる。しかし私は
この年になっても敵に自ら立ち向かい
武器を取って運命を決する覚悟はある。

イフィゲーニエ　いけません！　ああ、王さま、そんな血塗られた証拠立ては
必要ありません！　二人とも剣から手を
放してください！　わたしとわたしの運命を考えてください。
性急な戦いも男の人の名を不朽のものにします。
たとえ倒れたとしても、歌がその人を称えます。
ただ涙は、残された女たち、孤独な女たちの
尽きない涙は、後世の人びとからは
数えられません。そして詩人も
泣き濡れた幾千もの日夜については語らないのです。

Wo eine stille Seele den verlornen,
Rasch abgeschiednen Freund vergebens sich
Zurückzurufen bangt und sich verzehrt.
Mich selbst hat eine Sorge gleich gewarnt,
Daß der Betrug nicht eines Räubers mich
Vom sichern Schutzort reiße, mich der Knechtschaft
Verrate. Fleißig hab' ich sie befragt,
Nach jedem Umstand mich erkundigt, Zeichen
Gefordert, und gewiß ist nun mein Herz.
Sieh hier an seiner rechten Hand das Mal
Wie von drei Sternen, das am Tage schon,
Da er geboren ward, sich zeigte, das
Auf schwere Tat, mit dieser Faust zu üben,
Der Priester deutete. Dann überzeugt
Mich doppelt diese Schramme, die ihm hier
Die Augenbraune spaltet. Als ein Kind

こうした日々には静かな魂が、破滅した人を、
にわかに世を去った人を
いたずらに呼び戻そうと案じ、やつれてゆくというのに。
わたし自身も盗賊にだまされて
この安全な隠れ家から連れ出され
奴隷にされるのではないかと
すぐに心配になりました。わたしは二人に懸命に問いただし
あらゆる状況を調べ、証拠を要求しました。
そしてわたしは今では確信を持つにいたりました。
ほら、弟の右手にある黒子《ほくろ》をご覧ください。
三ツ星の形をしており、弟が
生まれた日からすでにここにあり
この拳で大それたことをしでかすだろうと
神官が予言したものです。それから弟の眉を
二つに割っている擦り傷が、わたしには
確かな証拠となっています。弟が子どものころ

Ließ ihn Elektra, rasch und unvorsichtig
Nach ihrer Art, aus ihren Armen stürzen.
Er schlug auf einen Dreifuß auf – Er ist's –
Soll ich dir noch die Ähnlichkeit des Vaters,
Soll ich das innre Jauchzen meines Herzens
Dir auch als Zeugen der Versichrung nennen?

THOAS. Und hübe deine Rede jeden Zweifel ,
Und bändigt' ich den Zorn in meiner Brust,
So würden doch die Waffen zwischen uns
Entscheiden müssen; Frieden seh' ich nicht.
Sie sind gekommen, du bekennest selbst,
Das heil'ge Bild der Göttin mir zu rauben.
Glaubt ihr, ich sehe dies gelassen an?
Der Grieche wendet oft sein lüstern Auge
Den fernen Schätzen der Barbaren zu,
Dem goldnen Felle, Pferden, schönen Töchtern;

せっかちで不注意なエレクトラが
抱いた腕から落としてしまったのです。
弟は鼎《かなえ》に頭をぶつけて怪我をしました――これは弟です――
そのほか父と似ている点や
わたしの心の中の歓声などを
弟である証拠としてあげるべきでしょうか？

トーアス　たとえそなたの話があらゆる疑いを晴らし
私の胸の怒りを抑えたとしても
われわれの間では武器でもって
決着をつけねばならん。和解は望めぬ。
そなたも告白したが、彼らは女神の神像を
私から奪いにきたのだ。
それを私が黙って見逃すと思うか？
ギリシア人はしばしばその貪欲な眼を
遠く離れた野蛮人の宝物《ほうもつ》に向けてきた。
黄金の羊の毛皮[†50]や馬、美しい娘たちがそれだ。

Doch führte sie Gewalt und List nicht immer
Mit den erlangten Gütern glücklich heim.
OREST. Das Bild, o König, soll uns nicht entzweien!
Jetzt kennen wir den Irrtum, den ein Gott
Wie einen Schleier um das Haupt uns legte,
Da er den Weg hierher uns wandern hieß.
Um Rat und um Befreiung bat ich ihn
Von dem Geleit der Furien; er sprach:
„Bringst du die Schwester, die an Tauris' Ufer
Im Heiligtume wider Willen bleibt,
Nach Griechenland, so löset sich der Fluch."
Wir legten's von Apollens Schwester aus,
Und er gedachte d i c h! Die strengen Bande
Sind nun gelöst: du bist den Deinen wieder,
Du Heilige, geschenkt. Von dir berührt,
War ich geheilt; in deinen Armen faßte

だが彼らは暴力やたくらみを用いても、必ずしも
宝物を携えて無事に祖国に帰れたわけではないのだ。
オレスト　ああ、王よ、神像のことで仲たがいなどしたくありません！
今僕らは思い違いに気づきました。それはアポロンの神が
この地に来るように命令されたとき
僕らの頭をヴェールのように覆った思い違いなのです。
僕はアポロンの神に助言を求め
復讐の女神の追及から解放してくれるよう願い出ました。神のお告げは
「タウリスの海辺にある社に
心ならずもとどまる姉妹を
ギリシアへ連れ戻せ。ならば呪いは解けよう」というものでした。
僕らはそれを神の妹ディアーナと解釈しました。
でも神がおっしゃったのは姉上、あなたのことだったのです！　厳しい枷《かせ》は
今解かれました。あなたは、神聖なあなたは、また家族のもとに
返されたのです。あなたに触れて
僕は癒されました。あなたの腕に抱かれたとき

Das Übel mich mit allen seinen Klauen
Zum letzten Mal und schüttelte das Mark
Entsetzlich mir zusammen; dann entfloh's
Wie eine Schlange zu der Höhle. Neu
Genieß' ich nun durch dich das weite Licht
Des Tages. Schön und herrlich zeigt sich mir
Der Göttin Rat. Gleich einem heil'gen Bilde,
Daran der Stadt unwandelbar Geschick
Durch ein geheimes Götterwort gebannt ist,
Nahm sie dich weg, dich Schützerin des Hauses;
Bewahrte dich in einer heil'gen Stille
Zum Segen deines Bruders und der Deinen.
Da alle Rettung auf der weiten Erde
Verloren schien, gibst du uns alles wieder.
Laß deine Seele sich zum Frieden wenden,
O König! Hindre nicht, daß sie die Weihe

狂気がすべての爪を立てて、最後とばかりに
僕をつかみ、骨の髄まで
僕を揺さぶりました。それから狂気は蛇のように
洞窟へ逃げ込んでゆきました。僕は今やっと
あなたのおかげで広々とした昼の光を
楽しんでいます。女神が下された決定の絶妙な素晴らしさが
僕にはわかりました。神聖な神像には、神々の神聖なお告げによって
都市の変わらぬ運命がそこに宿されています。
女神ディアーナはこの神像のようにあなたを、
わが家の守護神であるあなたを連れ去ったのです。
そしてあなたの弟や家族の者の幸せのために
あなたを神聖な静寂の中にかくまっておかれたのです。
この広い地上でどんな救いも失われたかのように
思えたとき、姉上、あなたはまた僕らにすべてを与えてくれるのです。
ああ王よ、あなたの心を平和に向けてください！
姉が父の家の清めを成し遂げ

2130

Des väterlichen Hauses nun vollbringe,
Mich der entsühnten Halle wiedergebe,
Mir auf das Haupt die alte Krone drücke!
Vergilt den Segen, den sie dir gebracht,
Und laß des nähern Rechtes mich genießen!
Gewalt und List, der Männer höchster Ruhm,
Wird durch die Wahrheit dieser hohen Seele
Beschämt, und reines kindliches Vertrauen
Zu einem edeln Manne wird belohnt.

IPHIGENIE. Denk, an dein Wort und laß durch diese Rede
Aus einem graden, treuen Munde dich
Bewegen! Sieh uns an! Du hast nicht oft
Zu solcher edeln Tat Gelegenheit.
Versagen kannst du's nicht; gewähr' es bald.

THOAS. So geht!

IPHIGENIE. Nicht so, mein König! Ohne Segen,

僕を罪の拭われた宮殿に戻して
僕の頭上に古い王冠を授けるのを
妨げないでください！
姉があなたにもたらした幸せに報いてください。
そして家族としての権利を僕に味わわせてください。
男どもの最高の栄誉である暴力とたくらみは
彼女の高貴な魂の真実によって
恥ずかしい思いをさせられています。そして気高い男に寄せる
純粋で無邪気な信頼こそ報われるのです。

イフィゲーニエ　あなたのお約束を思い出してください！
そしてまっすぐで誠実な口から出たこの発言に
心を動かしてください！　わたしたちをご覧になってください！
これほどの気高い行為に接する機会はそうたびたび巡ってはきません。
拒むことはできません。すぐにもそれをお認めください。

トーアス　では行くがよい！

イフィゲーニエ
わたしの王さま、そんなふうにおっしゃらないでください。

In Widerwillen, scheid' ich nicht von dir.
Verbann' uns nicht! Ein freundlich Gastrecht walte
Von dir zu uns: so sind wir nicht auf ewig
Getrennt und abgeschieden. Wert und teuer,
Wie mir mein Vater war, so bist du's mir,
Und dieser Eindruck bleibt in meiner Seele.
Bringt der Geringste deines Volkes je
Den Ton der Stimme mir ins Ohr zurück,
Den ich an euch gewohnt zu hören bin,
Und seh' ich an dem Ärmsten eure Tracht:
Empfangen will ich ihn wie einen Gott,
Ich will ihm selbst ein Lager zubereiten,
Auf einen Stuhl ihn an das Feuer laden
Und nur nach dir und deinem Schicksal fragen.
O geben dir die Götter deiner Taten
Und deiner Milde wohlverdienten Lohn!

祝福も受けず不承不承では、あなたとお別れできません。
わたしたちを追い払わないでください！　客人として親切な保護を受ける権利は
王からわたしたちにも受け継がれるでしょう。そうなればわたしたちは永久に
離れ離れになることも、別れることもありません。わたしにとって父は
尊くかけがえのない人でした。王さま、あなたも父と同じです。
この思いはわたしの心から消え去ることはありません。
王さまの国民のうちでどんなに身分の低い者であっても
あなたたちの間で聞きなれた
スキタイの声の響きをわたしの耳に運んでくれる人があったなら、
そしてどんなに貧しい者であってもそれがスキタイの衣装だとわかれば
その人を神さまのように迎え入れましょう。
その人のためにわたしは自分で寝床をこしらえ
炉ばたに椅子を置いて、そこに招き
ただ王さまのこと、王さまの身の上のことをお尋ねしましょう。
ああ、神々が王さまのなされたことや
王さまの優しさに十分な報いをお授けくださいますように！

Leb' wohl! O wende dich zu uns und gib
Ein holdes Wort des Abschieds mir zurück!
Dann schwellt der Wind die Segel sanfter an,
Und Tränen fließen lindernder vom Auge
Des Scheidenden. Leb' wohl! und reiche mir
Zum Pfand der alten Freundschaft deine Rechte.

THOAS. Lebt wohl!

お元気で！　ああ、わたしたちのほうをお向きになって
別れの優しいお言葉をわたしに返してください！
そうすれば風はいっそう優しく船の帆を膨らませ
涙はいっそう心を和らげて別れゆく者の眼から
流れ落ちるでしょう。お元気で！　どうかわたしに
長年の友情の証として王さまの右手を差し伸べてください。

トーアス　皆、元気で！

# 註釈

†1［一三頁］イフィゲーニエ……ギリシアの都市国家ミケーネの王女。アガメムノンとクリュタイメストラの間に生まれた長女。オレストはその弟。

†2［一三頁］タウリス人……タウリス人（Taurier）はゲーテの造語で、タウロイ人（Taurer：古代ギリシア語の Tauroi）から来たものと思われる。タウロイ人の国はクリミア半島の南西部にあり、古代にケルソネソス・タウリケと呼ばれた町のあたりだとされる。ゲーテの創作では、タイトルに「タウリス島の（auf Tauris）」という場所の表示がある。タウリスはもともとは黒海沿岸のクリミア半島の古名であるが、この作品では島として想定されている（解題参照）。

†3［一三頁］アルカス……トーアス王の侍従。ゲーテがその素材を得たとされるエウリピデスの『タウリケーのイーピゲネイア』では、イフィゲーニエ、トーアス、オレスト、ピュラデスの四人は登場するがアルカスは出てこない。エクソドス（幕切れ）でわずかに登場してくる使者がアルカスを思わせるが、ゲーテの創作上の人物である。

†4［一三頁］ディアーナ……月の女神。ギリシア神話における最高神ゼウスの娘、光の神アポロンの双子の妹。ギリシア神話では「アルテミス」と呼ばれるが、本作ではローマ名の「ディアーナ」となっている。神像として具象化され、タウリス島の神殿に祀ら

れている。イフィゲーニエの命の恩人。アウリスの祭壇に生け贄として捧げられたイフィゲーニエを救い、タウリス島に連れてきた。イフィゲーニエはここで巫女として女神に仕えている。

†5 ［一三頁］ 森（Hain）……Hain は Wald（森）の古い形で、一七七二年に詩人クロプシュトック（Klopstock）の仲間・崇拝者たちが詩人団体「ゲッティンゲンの森の詩社（Göttinger Hainbund）」を結成したことにより、再び用いられるようになった。ここでは神社・神殿の境内にある森で、鎮守の森のようなものを連想してもらえばよい。

†6 ［二一頁］ 父のためにその妻とエレクトラと息子を……父はアガメムノン、妻はクリュタイメストラ、娘はエレクトラ（イフィゲーニエの妹）、息子はオレストをそれぞれ指す。

†7 ［三一頁］ 勝利は楽しげに飛び回り……翼のある勝利の女神ニケ（Nike：ローマ神話のヴィクトリアに当たる）を暗示している。

†8 ［三五頁］ スキタイ人……黒海の北方に住んでいた民族で、ギリシア人からは文明に取り残された野蛮人だと思われていた。タウロイ人（本作のタウリス人）もこれに属する。

†9 ［四一頁］ 処女の処女たること……ディアーナは純潔の守護神としても知られる。イフィゲーニエはトーアスの求婚を退ける際に、女神に仕える巫女としての立場を拠りどころにしている。

†10 ［四九頁］ 掟と必然……トーアス王はイフィゲーニエによって押しとどめられている異国人の人身御供《ひとみごくう》(人間を神への生け贄として供すること)を、女神ディアーナの「掟(Gesetz)」

としてだけでなく、敵からの襲撃に対して威嚇する「必然(性)(Not=Notwendigkeit)」だと考えている。

†11 ［五五頁］ タンタロス一族……タンタロスは人間でありながらゼウスに気に入られ、神々の酒や食べ物を供されて、不死の体を得ていた。オリュンポス山の饗宴にも招待されるほどだったが、罪を犯したため永劫の罰を受け、タルタルス（冥界のもっとも底の部分）に落とされた。以後タンタロス一族全員が神々の憎しみを受けたと言われている。

†12 ［五七頁］ 巨人族……ティタン（Titan：ふつう複数形でTitanen）。オリュンポスの神々以前に世界を支配していたとされる神々。天空神ウラノスと大地女神ガイアから生まれた子どもたちで、イアペトス、ヒュペリオン、クロノスなどがいる。ゼウスが率いるオリュンポスの神々との十年来の戦いに敗れ、タルタロス（地獄）に幽閉された。

†13 ［五九頁］ 腹違いの長兄……ペロプスとニンフの間の子とされるクリュシッポス（Chrysippos）のこと。

†14 ［六一頁］ 都市国家……ミケーネのこと。

†15 ［六五頁］ 天翔ける車……太陽神ヘリオスが乗る車で、毎日天空を規則正しく走っている。ゲーテは、イフィゲーニエが報告するアトレウスの残酷な行為のせいで脱線し、自然の秩序（昼と夜の転換）が破壊されたとしている。

†16 ［六七頁］ 世界一の美女ヘレネ……スパルタクスの王メネラオスの妻。トロイアの王子パリス

に誘拐され、トロイアに連れて帰られた。メネラオスの兄でミケーネ王のアガメムノンはこれに怒って遠征軍を組織し、その総大将としてトロイアに攻め込み、トロイア戦争が始まった。

†17［八五頁］イフィゲーニエの独白……本作の基本の詩形であるブランクヴァース（Blankvers：五詩脚の弱強格）ではなく、自由な韻律で書かれている。このうち大部分が四詩脚で、一行に四つの強格（揚格）がある賛歌（Hymne）形式をとっている。これはギリシア悲劇におけるコロスが持つ役割を担っており、これにより劇的空間から語りの空間・叙事詩的空間への転換が図られている。

†18［八五頁］夜の生命とも言うべきあなたの光……ディアーナが月の神であることを意識した表現。

†19［八九頁］復讐の女神たち……復讐の霊たち(Rachegeister)はふつう複数でエリニュス(Erinnys)、エリニュエン（Erinnyen/1149など）と言われ、ローマ神話のフリア（Furie/837, 1412）、複数フーリエン（Furien/855, 1433など）に当たる。また複数でエウメニス（Eumeniden/1359）とも呼ばれる。犬の頭と蛇の髪をしており、黄泉の国にいて、人間の悪行、特に肉親間の犯罪を強く追及する。

†20［九九頁］父上……ピュラデスの父ストロピオス（Strophios）。

†21［一〇九頁］デルフォイ……ギリシア中部のパルナソス山麓にある古代都市。アポロンの神殿があり、その神託はオレストのみならず多くの人々に大きな影響力を持った。

†22〔一一三頁〕オデュッセウス……原文ではウリクセス（Ulyseen）で、ギリシア神話の英雄オデュッセウスのラテン語名。オデュッセウスはホメロス（Homer）の『オデュッセイア』（*Odysseia*）の主人公で、イタカの王。トロイア戦争で木馬を用いた巧妙な計略でギリシア軍を勝利に導いた。

†23〔一一五頁〕オリュンポス……ギリシア北部にある標高二千九百十七メートルの山。ギリシア神話の神々が頂上に住んだと言われる。

†24〔一一五頁〕アマゾン族……ギリシア神話の女人族。女性だけで国を作り、好戦的で、弓や槍を扱いやすいように幼女のころに右の乳を切り落とすと言われている。

†25〔一二三頁〕クレタ島の生まれ……ピュラデスはここでオデュッセウスばりの策略でうその話をする。彼はそこで、オレストと自分は兄弟だと偽っているが、オレストが復讐の神々に追われているという状況設定は変えていない。

†26〔一二七頁〕野蛮人……ギリシア人でないものはすべて非文明人＝野蛮人であるとされているが、ここではトロイア人を指している。

†27〔一二七頁〕親友……パトロクロス（Patroklos）のこと。アキレウスの身代わりとなって戦死した。その死はホメロスの叙事詩『イリアス』（*Ilias*）の第十六巻で歌われている。

†28〔一二七頁〕パラメデスもテラモンの子アイアスも……ともにトロイア戦争を戦ったギリシア軍の勇将。パラメデスは敵の王プリアモスと密通しているとの疑いをかけられ処刑された。アイアス（アヤックス）はアキレウスの死後、彼の有名な鎧を求めたが手に入れ

られず、狂乱の末に自殺した。

†29 ［一三三頁］昔からの復讐心……アイギストスがアトレウス一族に対してずっと復讐心を抱いていたことを表している。アイギストスの父テュエステスとアガメムノンの父アトレウスは兄弟だったが、アトレウスによって父が追放され、自分の兄弟たちが殺された（360–388参照）。アイギストスのアガメムノン殺害はその仇討だと言える。

†30 ［一三九頁］祖先の神々を祀るかまど……ゲーテではギリシア神話の中に時としてローマ神話が混在する。古代ローマではかまどの火を絶やさず、そのそばに家のかまどの守護神ペナテスの像を祀って崇めた。

†31 ［一四一頁］タンタロスの子孫……アトレウスとテュエステスのこと。ここからアイギストスとクリュタイメストラによるアガメムノン殺害、オレスト（オレステス）によるクリュタイメストラ殺害と、殺しの連鎖が始まる。

†32 ［一四三頁］地獄の網……原文では「アヴェルヌス（Avernus）の網」。ここでもローマ的なものが混入しているが、アヴェルヌス湖は南イタリアのカンパニア地方にある火口湖で、古代ローマ人は冥府の入り口と考えていた。ローマ時代の著述家たちはアヴェルヌスを地底世界（地獄）の暗喩としてよく用いた。「網」も網を掛けられたかのように服が脱げないまま殺されたアガメムノンの死を連想させる。ここでは同じ運命が弟にも待っているのではないかというイフィゲーニエの心配が表されている。

†33 ［一五七頁］もっとも美しい娘……原文では「もっとも偉大な父のもっとも美しい娘」となってい

る。「もっとも偉大な父」は明らかにゼウスである。「もっとも美しい娘」は美と優美の神であるカリス（Charis）であると思われる。

†34 〔一六一頁〕 死んだ友のまぼろし……トロイア戦争で死んだアキレウス（Achill）のことを指している。イフィゲーニエはアキレウスと友情を結び、アウリスで結婚することになっていた。

†35 〔一六七頁〕 メドゥサ……原文では「ゴルゴ（ン）（Gorgo）」で、ギリシア神話の怪物の三姉妹、ステノ（Stheno）、エウリュアレ（Euryale）、メドゥサ（Medusa）。頭に生きた蛇を生やし、牙を持ち、青銅の手をしていた。黄金の翼で飛ぶことができ、恐ろしい目で見つめられると人間は石と化すと言われる。ここではもっとも有名な「メドゥサ」で訳出している。

†36 〔一六九頁〕 クレウザの花嫁衣裳……クレウザはコリントの王クレオンの娘。アルゴ遠征の主人公イアソンは妻メデイアを裏切り、クレオンに勧められるままクレウザを妻に迎えようとする。メデイアは復讐のため毒を塗った花嫁衣装をクレウザに贈り、花嫁がこれを着ると衣装が燃えて焼け死んだ。

†37 〔一六九頁〕 ヘラクレスのように……ヘラクレスはギリシア神話の英雄。ヘラクレスの妻デイアネイラは、ヘラクレスが捕虜にしたイオレを愛するようになったのを見て、愛を取り戻すべくケンタウロス族のネッソスから媚薬として血を手に入れる。その血を肌着に塗りこんでヘラクレスに贈るが、それが猛毒だったため、ヘラクレスは苦しみ、オイテ山の頂上に薪の山を築いて、焼身自殺した。

†38 ［一六九頁］酒の神バッカスの神殿……原文では「リエーウス（リュアイオス Lyaios）の神殿」。ギリシア神話の酒の神ディオニュソス、すなわちローマ神話のバッカス（バッコス）は、lösen「解き放つ」から派生したリュアイオス（「〈悩みからの〉解放者 Löser」）という別名を持っていた。

†39 ［一七一頁］パルナソス……バルカン半島の最南部、ペロポネソス半島にある山で、標高二千四百五十七メートル。麓に聖域デルフォイがあり、アポロンの神託所が置かれていた。神託は入神状態に陥った巫女ピュチアの口から発せられ、男性祭司によって参詣人に伝えられた。デルフォイの背後の山の岩壁にはカスタリアの泉が湧き出している。

†40 ［一七五頁］兄弟殺し……直接的には、アトレウスとテュエステスの兄弟が腹違いの長兄クリュシッポスを殺したこと（340–345 参照）を指すが、タンタロス一族の親族間の争いを一般的に表していると考えられる。

†41 ［一八七頁］優しい矢……古代の表象世界では、病気と死はアポロンと妹のアルテミス（ディアーナ）の「優しい矢」によって引き起こされると考えられていた。

†42 ［一八七頁］昼も夜も美しい光を人間にお送りくださるアポロンとディアーナ……イフィゲーニエはここではアポロンを太陽神ヘリオスと同一視している。ディアーナは月の神であり、イフィゲーニエはこの兄妹の神にオレストの幻覚からの治癒を願うと同時に、地上の姉弟である自分とオレストの救済を祈っている。

†43 ［二二三頁］ ただならぬ儀式……「神像に新鮮な波をそそぎ神秘的な清めの式を執り行う」こと（1438–1439）

†44 ［二二七頁］ その条件をかなえる……ピュラデスはまだアポロンの神託が、ディアーナの神像をタウリスからギリシアに持ち帰ることだと思っている。

†45 ［二二七頁］ 岩の島……アポロンが住むデルフォイはペロポネソス半島にあり、島ではない。ただクリミア半島のタウリスを島と考えたように、ゲーテは岩の島にあるデルフォイ神殿をイメージしている。

†46 ［二四一頁］ 運命の女神たちの歌……第四幕の最後に歌われる歌（1726–1766）。そこではブランクヴァースから離れて、ヘルダー（Herder）やクロプシュトックが生み出したであろう一行に二つの強格（揚格）を持つ詩形が用いられている。第一幕と第二幕、第三幕と第四幕の変わり目と同様、ここでも韻律上の転換が行われている。ギリシア悲劇で劇的空間とコロスの空間が転換することによって得られる効果を、ゲーテは独自の手法で得ようとした。

†47 ［二六三頁］ 優美な小枝……古代の風習では保護や助けを嘆願する者は、羊毛を巻きつけた月桂樹かオリーヴの小枝を持参した。

†48 ［二六七頁］ たった一人で敵の軍勢に忍び寄り……夜にトロイアの陣営をひそかに襲い、名馬を奪ったオデュッセウスとディオメデス（Diomedes）のことを暗示している。（『イリアス』第十巻）

†49 ［二六七頁］安全な道をさげすみ……ギリシア神話の英雄テセウス（Theseus）が盗賊を退治しながらアテネに来た冒険武勇譚を引用している。

†50 ［二九五頁］黄金の羊の毛皮……「金毛羊皮」という表現で知られるギリシア神話の宝物。人の言葉をしゃべり、空を飛ぶ金毛の雄羊の皮。この宝を奪い、ギリシアに持ち帰るためにイアソンとその仲間の英雄たちがアルゴ船に乗って黒海の奥にあるコルキスに大航海したのは有名である。

# 解題

市川 明

# 『タウリス島のイフィゲーニエ』

## ――世界市民ゲーテの平和の声

### I　世界市民ゲーテ

ノーベル賞作家トーマス・マン（Thomas Mann 一八七五―一九五五）は多くの知識人、芸術家同様、ファシズム政権下で亡命を余儀なくされた。彼が最後に行き着いたのはアメリカで、アメリカ国籍をとった。ナチスドイツが無条件降伏した直後の一九四五年五月二十九日、マンはワシントンの国会図書館で『ドイツとドイツ人』という講演を英語で行った。そこでマンは、ドイツ民族が世界文化に多くの貢献をしながら、同時に数々の戦争を引き起こし、歴史に汚点を残したのはなぜかを探っている。彼はその原因を「ドイツ的内面性、内向性（Innerlichkeit）」という特質の中に見て、それが「この上なく不遜で、威嚇的な国家主義、帝国主義に転化した」と分析する。

マンは講演『ゲーテと民主主義』（一九四九）の中で、世界市民ゲーテの優れた特質について言及している。マンは、ゲーテにおける世界性に国際平和の原点を見ていた。「世界文学（Weltliteratur）」という概念もゲーテが生み出したものである。ゲーテは、一八二七年一月三十一日の『エッカーマンとの対話』で世界文学の時代について語っている。

われわれドイツ人は、われわれ自身の環境のような狭い視野を抜け出さないならば、ともするとペダンティックなうぬぼれに陥りがちだ。だから私は好んで他の国民の書を読み漁っているし、誰にもそうするように勧めている。国民文学というのは今日では大して意味がない。世界文学の時代が始まっているのだ。

世界文学という概念は、閉鎖的、国粋主義的なロマン派文壇に対するアンチテーゼで、世界的広大さを求めるゲーテ自身の性向の表現であるといえよう。

トーマス・マンは『ドイツとドイツ人』の中で、ドイツ的な特色を表す人物としてルター、ビスマルク、ゲーテの名前を挙げている。二〇〇三年にドイツ国営テレビ第二放送（ZDF）が行った「最も偉大なドイツ人は誰か」のアンケートには、三百三十万人の視聴者が回答している。十一月に発表されたベストテンは、一位から順に、1.アデナウアー、2.ルター、3.マルクス、4.ショル兄妹、5.ブラント、6.バッハ、7.ゲーテ、8.グーテンベルク、9.ビスマルク、10.アインシュタイン、となっている。マンが選んだ三人は、全員十位内にランクされている。

宗教改革の担い手であり、「自由」の英雄であったルターの進歩性を評価する一方、マンはその限界を冷静に分析している。ルターは政治的自由、市民の自由を理解できず、農民一揆を憎んだ保守的な革命家だった。ルターの分離主義的内向性、反ローマ的・反ヨーロッパ的なものがドイツ国粋主義や民族エゴイズムと結びつき、ルター型のドイツはやがてヨーロッパのドイツ化、世界のドイツ化へと結びついていったと指摘する。

ビスマルクは「ドイツが生んだ唯一の政治的天才」であり、この鉄血宰相のおかげで小邦に分かれたドイツは統一することができた。しかしこうして生まれたビスマルクの帝国は、民主主義とは無縁の、ヨーロッパの主導権をもくろむ「純然たる権力組織」であった。ビスマルク型のドイツ、それは戦争国家でしかありえず、「世界の肉に刺さったとげのような厄介者として生き続けた」とマンは指摘する。マンによればルター型のドイツも、ビスマルク型のドイツもヒトラー・ドイツに結びついていくのである。

マンがひかれたのは文豪ゲーテだ。ゲーテは国粋的な狭さを憎み、時代や国境の区別なく、あらゆる偉大なものに深く共感し、あらゆる宗教に理解を示したからだと言う。ドイツは戦前、なぜいつもルター型の行き方に従い、ゲーテ型の行き方を選ばなかったのか。ゲーテ型の世界には、常に世界との和解の架け橋がありえたのに、とマンは嘆く。

マンが師と仰ぎ、指導者と目したドイツ人、ショーペンハウアー、ニーチェ、ワーグナー、そして誰よりもゲーテは、すべて著しく超ドイツ的特長、ドイツという狭い枠を超越したヨーロッパ的特長を備えていた。彼らが表象しているのは、ドイツ語で書かれたヨーロッパ的なものであり、「ヨーロッパ的ドイツ」であった。ゲーテが目指したのは「ヨーロッパ的ドイツ」であり、ドイツ国家主義の渇望だった「ドイツ的ヨーロッパ」とは正反対のものである。

「ドイツ的ヨーロッパ」、それはまさしく「世界に冠たるドイツ」がドイツの主導の下、ヨーロッパを統率しようとする志向であり、マンは「これによって私はドイツから追い出された」と言う。ＥＵ統合により、ヨーロッパ国・ヨーロッパ人という言葉が普通に使われるような時代になった。経済大国ドイツは経済的不利益をこうむることを承知の上で通貨統合に踏み切った。今ドイツは「ヨーロッパ的ドイツ」（ヨーロッパの一員としてのドイツ）の道を着実に歩んでいる。日本はアジアで同じようなことができるだろうか。

## 2　詩『ギンゴ・ビローバ』――二つの存在の統一

ゲーテ（Johann Wolfgang von Goethe 一七四九―一八三二）の『西東詩集』（*West-östlicher Divan*）の中に『ギンゴ・ビローバ』（*Gingo biloba*）というイチョウの葉をうたった詩がある。ギンゴはドイツ語ではふつうGinkgoと綴られるがイチョウのことで、ビローバは「裂けた葉」を意味する。悲恋に終わったマリアンネ・フォン・ヴィレマーへの愛を歌った詩として有名である。

東洋からわたしの庭に
移されたイチョウの葉は
秘密の意味を味わわせ
賢者の心を感動させます。

もともとは一枚だった葉が
二つに分かれたのでしょうか？
それとも二枚の葉が相手を見つけ
一つになったのでしょうか？

このようなことを考えているうちに
わたしは正しい答えを見つけました。
わたしの歌を聞いて感じませんか？
わたしが一にして二つの存在であることを。

『西東詩集』はゲーテの晩年における叙情詩の集大成といわれている。初版本は一八一九年にコッタ社から出版されたが、詩の大半は一八一四年から一五年にかけて書かれている。ゲーテ六十五歳ごろの作品だ。この時代はフランス革命に続くヨーロッパの長い政治的混乱と、ナポレオン戦争の時代だった。「北、西、南は寸断され、／玉座は裂け、国々は震撼する。／逃れよ、清らかな東方へ〔…〕」と、この詩集で歌われているように、ゲーテの関心は急速に東方へ向かう。

ペルシャの詩人ハーフィズの詩集『ディーヴァン』の翻訳を読んだゲーテは、これを手本に『西東詩集』を書き上げた。ゲーテが本の扉に記しているように、「西方の詩人による東方の詩」がこうして誕生した。時代や文化を超えて、東洋的なものと西洋的なものとが根本において深く結び合わされた珠玉の詩集である。

『西東詩集』の中心をなすのはマリアンネ・フォン・ヴィレマーにささげた愛の歌だ。一八一五年八月初旬、フランクフルトの富裕な銀行家ヴィレマーは養女マリアンネを伴い、ワイマールにゲーテを訪問している。ゲーテとマリアンネは互いにひかれるものを感じ、愛し合うようになる。しかしゲーテに嫉妬したヴィレマーは九月末にマリアンネとあわただしく結婚式をあげ、「娘」(養女)を妻にしてしまった。ゲーテは惜別の情を込め、「イチョウの葉」の詩をマリアンネの友人に託したという。

一八一四年にナポレオンが敗北し、ドイツは解放される。ドイツ国民同様、ゲーテも新しく生まれ変わった。ゲーテにおいて「繰り返される思春期」が訪れることになる。六十代半ばのゲーテと、三十歳の才女が交わし合った歌が、「愛と知の大詩集」として編まれる。燃える情熱によって競う二人劇とも言うべき抒情詩連作「ズライカの巻」がこうして生まれた。ズライカはイスラム文学で最高に才色兼備の女性であり、ゲーテが恋した多くの女性の中で唯一、ゲーテと対等に相聞歌を詠むことができたといわれるマリアンネを指している。作品はゲーテが東洋詩人ハーテムとなり、ズライカと応答歌を交わす形式をとっている。ゲーテはワイマールの息苦しい政治と宮廷の生活から逃れ、ハーフィズの詩の世界に遊ぼうとしていたのかもしれない。

この詩は、「二つの存在の統一(Einheit von zwei Wesen)」を歌ったものだ。「西と東」「裂けた葉」「一つにして二つ」……『ギンゴ・ビローバ』を読んでいると、なぜだかドイツ統一の詩のように感じられる。ドイツ人の統一と言ったほうが正解なのかもしれない。

一九九〇年に東西両ドイツは統一された。新生ドイツは旧西ドイツに比べ、人口で二十五%、面積は四十%増えたものの失業率も五十%アップした。ドイツは転換期の矛盾を引きずり続けたまま新しい世紀に突入してしまった。現在でも旧西ドイツの人たちの半数が旧東ドイツ地域を訪れたことがないという。「二つの存在の統一」の難しさがここからもわかるような気がする。

ゲーテは終生、多くの女性を愛し、その愛の形を言葉・文学に翻訳し続けた。結婚が二つの文化の統合、融和であるのなら、確かにそれは人間の結婚だけでなしに国家の結婚（例えばドイツ統一のような）にも当てはまるはずだ。ゲーテの詩には直接的な愛の言葉で綴られたものも多く見かけるが、この詩のように比喩的・哲学的で、作用半径の大きな詩も多く見られる。

3　戯曲『タウリス島のイフィゲーニエ』

作用半径の大きさで言うならば、ゲーテの戯曲『タウリス島のイフィゲーニエ』（*Iphigenie*

*auf Tauris*）についてもそれはあてはまる。高らかにヒューマニズムを歌い上げ、非戦を貫いた主人公が、憎しみと殺しの連鎖を断ち切り、平和を生み出すこの作品はきわめて今日的である。なぜなら戦争や民族紛争が止まない世界各地においても、集団的自衛権の行使容認などで憲法九条の平和主義が大きく揺らいでいる日本においても、未来を見据えるうえで重要な問題提起がなされているからである。

ワイマール古典主義の真髄であり、もっとも重要な作品とされる『タウリス島のイフィゲーニエ』は一七七九年にまず散文で書かれた。ゲーテの作品には珍しく四十三日（一七七九年二月十四日から同年三月二十八日）という短期間で脱稿しているが、その後八年かけて韻文に書き改められ、一七八七年一月に最終的な完成をみた。ゲーテはシェイクスピアが愛用し、先輩レッシングが『賢者ナータン』で用いたブランクヴァース（無韻で五詩脚弱強格の詩形）を用いてこの作品を書いている。初演は散文テクストができてすぐの一七七九年四月にワイマールで行われた。イフィゲーニをコロナ・シュレーターが演じ、ゲーテ自らがオレスト役で出演している。

ゲーテの『タウリス島のイフィゲーニエ』には土台となる作品、いわば前史をなす作品がある。アイスキュロス悲劇の集大成と言われる『オレスティア』三部作だ。アガメムノンが妻クリュタイメストラとその情夫アイギストスによって殺害される『アガメムノン』、息子オレステスが姉エレクトラと謀《はか》って母とその情夫を殺し、父の復讐を遂げる『供養する女たち』、復讐の女神に追い回され、狂乱して放浪するオレステスが神アポロンの託宣を受け、アテネの最高法廷で赦免される『恵み深い女神たち』、以上三作により構成されている。そこには不義や夫殺し、母殺しだけでなく、タンタロス一族が背負った呪い、すなわちタンタロス一族のおごりによって神々から受けた永劫の罰が根本に深く埋め込まれている。ゲーテの作品では「私が誰なのか」を明かしていく過程で、アイスキュロスで描かれた状況、いわばこの作品の背景が浮かび上がってくる。本作のストーリーを追ってみよう。

トロイア戦争のとき、ギリシア軍の総大将アガメムノンはギリシアの軍勢を率い、アウリスからトロイアへ出帆しようとするが、女神ディアーナが総大将に怒りを覚え、風を止める。順風を得るためにアガメムノンは預言者に教えられるまま、娘のイフィゲーニエを生け贄として女神ディアーナに捧げた。イフィゲーニエは死んだと伝えられていたが、女神の恵みで救われ野蛮人の地タウリス島にある女神の神殿に巫女として奉仕している（ここから作品は始まるのだが、イフィゲーニエがタウリス島に来たいきさつは冒頭の彼女の独白で語られている。さらに第一幕第三場の王トーアスとの会話の中でも、イフィゲーニエは自分がタンタロス一族であることを告げた後、詳しく述べている）。

一方、アガメムノンは十年の戦いの後トロイアを陥落させ、ギリシアに凱旋したが、彼の妻クリュタイメストラは、夫が娘イフィゲーニエを犠牲にしたことを怨んでおり、夫の弟アイギストスと関係を結び、策略を用いて夫を殺す（この事件の顛末は第二幕第二場で、ピュラデスによってイフィゲーニエに語られる）。

アガメムノンとクリュタイメストラの間にできた息子オレスト（イフィゲーニエの弟）は姉エレクトラと共謀して母を殺し、父の仇を討つが、復讐の女神たちの呪いで狂気に陥る。オレストは流浪のあげく、神アポロンの神託を受ける。「タウリスの海辺にある社に／心ならずもとどまる姉妹（姉もしくは妹）を／ギリシアへ連れ戻せ。ならば呪いは解けよう」（2113–2115）というものだ。オレストはそれをアポロンの妹神ディアーナと理解し、神像を持ち帰るべく、親友ピュラデスとともにタウリス島にやってくる。

タウリス島では漂着した異邦人はすべて人身御供にされるのだが、王トーアスは巫女イフィゲーニエを愛し、妻にしたいと願い、殺人を一時的にストップしている。イフィゲーニエは王からの結婚の申し込みを退け、自分が呪われたタンタロス一族の末裔であると明かす。トーアスは二人の異邦人を捕らえたが、生け贄の復活を考えていると告げる。イフィゲーニエは捕らわれた二人と話すうちに、父親が殺されたことや、片方が弟のオレストであることを知る。オレストとピュラデスはディアーナの神像を盗み、イフィゲーニエを連れて祖国ギリシアに帰ろうとする。

イフィゲーニエは、命の恩人であるトーアスを裏切り、オレストたちの計略に従って、武力に訴えてでも野蛮地からの脱出を強行するのか、心ならずもトーアスの求愛に応えることによって弟たちを救うのか、窮地に立たされる。だがイフィゲーニエはトーアスに真実を告げ、彼女の清い人間性、駆け引きのない真心が王トーアスの心を動かし、彼女らはめでたく故郷に帰るというハッピーエンドになっている。

ゲーテが多くを依拠したと言われるエウリピデスの『タウリケーのイーピゲネイア』では、

トーアスのイフィゲーニエへの愛や、トーアスとオレストの間で揺れ動くイフィゲーニエの姿は描かれていない。ギリシア詩人のこの作品はあくまでもギリシア側の視点に立って書かれたものであり、コロス以外、その大半がオレスト（オレステース）、イフィゲーニエ（イーピゲネイア）、ピュラデス（ピュラデース）の会話によって成り立っている。トーアスは終盤の第四エペイソディオンになって初めて清めの儀式を監視するために登場してくる。それは野蛮地からのギリシア人の脱出劇であり、イフィゲーニエはその共謀者なのだ。三人は神像を奪い船出するものの、「恐ろしい向かい風が、突風となり」船は岸辺に戻され、捕まえられて処刑されそうになる。だが最後は、雲間に出現した女神の計らいでイフィゲーニエはオレスト、ピュラデスともども帰国するという、いわばデウス・エクス・マキナ（古代ギリシア劇の終幕で、上方から機械仕掛けで舞台に下りてきて急場を救う神）的解決になっている。これに対し、ゲーテの作品では、タウリス島におけるイフィゲーニエの葛藤が描かれ、人間の気高い心がすべての問題を解決することが示される。

## 4　『タウリス島のイフィゲーニエ』の場所・人物・言語

この作品のタイトルには「タウリス島の（auf Tauris）」という場所の表示がある。タウリスはもともと黒海沿岸のクリミア半島の古名であるが、この作品では島として想定されており、作品中にも何度か島を表象するせりふが現れる。「荒れ果てた島の断崖に／船乗りが喜んで背を向けるように、タウリス島は／もうわたしの背後に横たわっていた。［…］」（1520–1522）などである。ゲーテが思い浮かべていたのは「断崖絶壁の島（Klippeninsel）」（1961）であり、こうした情景は冒頭のイフィゲーニエの独白からも十分に読み取れる。そればかりではない、ゲーテはピュラデスに「神アポロンが住む岩の島」（1609）と言わせている。アポロンが住むデルフォイはペロポネソス半島にあり、島ではない。だがゲーテはタウリスを島と考えたように、岩の島にあるデルフォイ神殿をイメージしていたのだ。

日本では片山敏彦訳『タウリス島のイフィゲーニエ』(一九五一)があり、その後、氷上英広(一九六〇)や辻瑆(一九八〇)の訳が続く。ただ二人の訳では題名は『タウリスのイフィゲーニエ』となっている。これについて氷上は「タウリスが現在のクリミヤ半島である」と説明したうえで、「このごろは一般に『タウリス島のイフィゲーニエ』と邦訳されているが、[…]タウリスは島ではない。タウリス島というと、何か絶海の孤島か、あるいは多島海中の一島のような錯覚を起す惧れがある」と述べている(『ゲーテ全集』第四巻、人文書院の解説)。だが繰り返しになるが、シェイクスピアの『テンペスト』のプロスペローとミランダ同様、ゲーテの『イフィゲーニエ』のトーアスとイフィゲーニエも絶海の孤島で暮らしているのである。ちなみにレクラム文庫(Reclam XL)では「ゲーテがイメージするタウリスは半島ではなく、島だった」と書かれているし、同じくレクラムの解説・資料集(Erläuterungen und Dokumente)でも「真の島(echte Insel)として理解されている」としている。ドイツではごく普通に島と考えられているものが、日本ではそうでないとすれば残念だ。

『タウリス島のイフィゲーニエ』は五幕二十場でできていて、登場人物は主人公イフィゲーニエと彼女を取り巻く四人の男性で構成されている。登場人物は完全なシンメトリーの構造を取っており、イフィゲーニエを中心にギリシア側に弟オレストとその友人ピュラデス、タウリス側に国王トーアスと家来アルカスがおり、主人公を奪い合う形になっている。アルカスはエウリピデスの『タウリケーのイーピゲネイア』では出てこない。エクソドス（幕切れ）でわずかに登場してくる使者がアルカスを思わせるが、あくまでゲーテの創作した人物である。イフィゲーニエと最初に話をするのがアルカスであることからも人物をつなぎ、筋を動かす重要な働きをしていることがわかる。トーアスとオレストはそれぞれ七場面ずつ登場しており、バランスよく配置されている。

ゲーテがもっとも苦労し、時間をかけたのは作品を散文からブランクヴァースで書かれた韻文に直す仕事だった。ギリシア悲劇の世界に没入したゲーテはソポクレスの『エレクトラ』を読んで深い感銘を受ける。途切れることなく流れてゆくソポクレスのヤンブス（弱強格）の滑らかさに比べれば、「『イフィゲーニエ』の短い文は、ごつごつで、響きも悪く、朗読しづらい」と、ゲーテはヘルダー宛の手紙（一七八六年九月一日）で告白している。こうして『イフィゲーニエ』はゲーテのイタリア旅行のお供となり、創作作業は続けられることになる。一週間後にゲーテは次のように記している。

目の前に置かれたこの作品は完成品というよりはむしろ草稿だ。詩の形をした散文で書かれており、ヤンブスのリズムになったかと思えば、ほかの韻律に似てきたりする。よほど上手に読んで、ある種の技巧で欠点を隠すことができなければ、効果は間違いなく大いに損なわれる。

［…］

今こそ荷物から『イフィゲーニエ』を選り分けて、同伴者として美しく暖かな国に連れてゆこう。日も長く、熟考を妨げられないし、周囲の世界の素晴らしい光景はけっして詩想を排除することはない。それどころか運動や自由な空気を伴って、ますます敏速にそれを呼び覚ましてくれるのだ。

（『イタリア紀行』一七八六年九月八日）

イタリアでカール＝フィリップ・モーリッツと知り合ったことも、ゲーテには転機となった。「私が数年来、自分の作品でなぜ散文の方を好んだかといえば、ドイツ語の韻律論がきわめて不確かなものだからだ。［…］もしモーリッツの韻律論が私にとって模範のように思えなければ、『イフィゲーニエ』をヤンブスに移し替えようなどとはけっして考えなかっただろう」

（『イタリア紀行』一七八七年一月十日）とゲーテは述べ、三ヵ月かかった作業からようやく抜け出る喜びを表している。

　このようにしてブランクヴァースによる完璧な韻文劇『タウリス島のイフィゲーニエ』ができあがった。この劇ではほとんどの場面が独白、または二人の対話で構成されている。対話には古代ギリシア劇で用いられる隔行対話（Stichomythie）も多く見られる。二人の登場人物が一行ずつの詩句で交互に対話を交わす形式である（エウリピデスの『イーピゲネイア』では1020行から1048行までのオレステースとイーピゲネイアの対話が、このスティコミューティアーになっている）。第一幕第二場のイフィゲーニエとアルカスの対話に次のようなものがある。ブランクヴァースの確認と合わせて見てみよう。

Iphigenie. Kann uns zum Vaterland die Fremde werden?
X (X) X (X)X(X) X (X) X (X) X
Arkas. Und dir ist fremd das Vaterland geworden.
X (X)X (X) X (X)X(X) X (X) X

イフィゲーニエ　わたしたちには異国が祖国になりえましょうか?
アルカス　でもあなたには祖国が異国になってしまったのです。（76–77）

Xが弱格、(X)が強格である。韻律はヤンブス（ギリシア詩歌のイアンボス）＝弱強格（抑揚格）で、一行に弱強の組み合わせが五組（正確には五組＋弱格）ある。隔行対話の観点からは、相手と同じ単語や、同じ意味で品詞を変えた単語を用いたりして、言葉の織物を芸術的に構成していくのは見事である。

だが第一幕と第二幕、第三幕と第四幕、第四幕と第五幕の変わり目で、ゲーテは基本詩形のブランクヴァースではなく、自由な韻律で書いている。具体的には第一幕第四場のイフィゲーニエの独白（538–560）と第四幕第一場の同じくイフィゲーニエの独白の最初の部分（1369–1381）で、そこでは大部分が四詩脚で、一行に四つの強格（揚格）がある賛歌（Hymne）形式をとっている。また第四幕の最後に歌われる「運命の女神たちの歌」（1726–1766）は、ヘルダーやクロプシュトックが生み出したであろう、一行に二つの強格（揚格）を持つ詩形が用いられている。ギリシア悲劇で劇的空間（エペイソディオン）とコロスの空間（スタシモン）が転換することによって得られる効果を、ゲーテはこうした韻律上の転換で得ようとしたのだ。

ブランクヴァースを用いていないという点では、1053行のDer Mutter Geist（母の霊）、1081行のSei Wahrheit!（真実がなくてはいけません!-）、最終2174行のLebt wohl!（皆、元気で!-）がその詩行の短さゆえに目立つ。ゲーテが半詩行と呼ぶこれらの箇所は、重要な言説を極立たせる一種の異化の役割を果たしていると言えよう。

## 5　ゲーテの平和の声

『タウリス島のイフィゲーニエ』はシュタイン夫人との愛の体験に基づくものだと言われている。一七七五年、ゲーテはカール・アウグスト公の招きを受け、ワイマール公国に移る。そこでゲーテは七歳年上で七人の子持ちだったシュタイン夫人に強くひかれ、彼女のもとに足繁く通うようになる。ゲーテは彼女に千七百通あまりの愛の手紙を送っている。二人の恋愛はゲーテが一七八六年にイタリア旅行に出かけるまで十二年間続いた。ブレンナー峠を越え、イタリアに入ったゲーテは、ガルダ湖のほとりで強い昼の風が岸辺に波を打ち寄せたとき、「タウリスの浜辺に立つわがヒロインと同じくらい孤独だった」(『イタリア紀行』一七八七年一月六日)と記している。ゲーテは懐かしい祖国にシュタイン夫人を重ね合わせていたのかもしれない。作品が完成間近の一七八七年一月十三日には、ローマからシュタイン夫人に次のような手紙を送っている。「今日も『イフィゲーニエ』の仕事を進めている。作品がこのようになるまで、どれほどたくさんあなたに思いをめぐらしたか、わかってほしい」。人の心を和ませ、人間同士の穏やかな調和を回復させるシュタイン夫人の気高い人間性は、主人公イフィゲーニエの心に投影されている。この作品もゲーテの愛の形が文学に移し変えられた一つの典型としてあげることができるだろう。

ドイツ統一がなされたころのフランクフルトでの『イフィゲーニエ』上演では、異国の地で神殿に仕えるイフィゲーニエ(東ドイツ)を弟で「太っちょの金融ブローカー」のオレスト(西ドイツ)が救いにやって来て、寛大な王トーアス(ゴルバチョフ)の許しを得て、解放を勝ち取るという、政治寓意劇になっている。二十年以上前に、同じフランクフルトで観た別の上演(演出、ノイエンフェルス)では、トーアスがトルコ人ともとれるような演出をしていたので、民

ルである。

族問題の複雑さを考えさせられたことを覚えている。ゲーテの作品はいつの時代もアクチュア

この作品では、男女同権や民族和解、非戦の問題など現代における極めて重要な問題が、世界市民ゲーテによって明瞭に浮き彫りにされている。作品から引用しながら見てみたい。

生け贄に捧げられるということがそもそも女性特有の運命なのであろう。冒頭でイフィゲーニエは祖国から遠く離れ、孤島で寂しく暮らす異邦人としての自分をまず紹介している。ここでは戦争社会におけるジェンダーの問題や女性差別が語られる。

イフィゲーニエ（独白）

［…］

わたしは神々と言い争うつもりはありません。ただ
女の身の上はほんとうに哀れです。
家でも戦場でも支配しているのは男。
異国にあっても男ならば何とかやってゆけます。

所有する喜びを味わえるのも男、勝利の栄冠を与えられるのも男。
名誉に満ちた死も男には用意されています。
それに比べて女の幸福は何と限られたものでしょう！
粗暴な夫にかしずくこと、それさえが
女の義務であり、慰めなのです。もし女が
運命のいたずらで異国へ流されたなら、何と哀れなことでしょう！
（23–32）

女性を主人公とし、その名前をタイトルにした戯曲、小説は多い。ギリシア悲劇の名作と言われる『メデイア』『アンティゴネ』、さらにオペラなどでもおなじみの『サロメ』『カルメン』などである。彼女たちは男性中心社会にあっては押しなべて「悪女」であり、強い女、闘う女なのだ。だがイフィゲーニエは「悪女」の系譜からは程遠い。

ゲーテ作品で繰り返し変奏される「裏切り」のモチーフは、フリーデリーケ・ブリオンとの恋愛体験から生まれたという。一七七〇年、ゲーテはシュトラースブルク大学に入学するが、三十キロほど離れたゼーゼンハイムという村の牧師の娘フリーデリーケと恋に落ちる。だがゲーテは結婚を望んだ彼女を振り切り、故郷フランクフルトに帰ってしまう。『ゲッツ・フォン・ベルリヒンゲン』では不実な男が純真な少女マリーを裏切った報いで非業の死を遂げる。『クラヴィーゴ』や『ファウスト』のグレートヒェン悲劇にもブリオンとの体験が深く埋め込まれていると言えよう。『イフィゲーニエ』はこれらゲーテ作品とは違う例外的な作品、裏切りのモチーフと対極にある作品なのだ。

第四幕第一場の独白でイフィゲーニエは自分の心情を吐露する。

イフィゲーニエ（独白）

［…］つらい！
ああ、嘘をつくのがつらい！　嘘は
真実を語るどんな言葉とも違ってこの胸を
すっきりさせてくれません。嘘はわたしたちを元気づけてはくれないし
ひそかに嘘をたくらむ者を不安にさせます。嘘は
放たれた矢となっても、神さまに向きを変えられ

的を射ずに戻ってきて
矢を射た人に当たるのです。［…］

（1404–1411）

彼女は決して嘘をつかない、真実に生きる高潔な姿を見せることによって、また非戦を貫くことによって、信頼と平和を勝ち取るのである。最終場面でトーアスとオレストは武器で運命を決しようとする。両軍が戦闘態勢に入り、まさしく一触即発の状況の中で、彼女は次のように言う。

イフィゲーニエ
［…］二人とも剣から手を
放してください！　わたしとわたしの運命を考えてください。
性急な戦いも男の人の名を不朽のものにします。
たとえ倒れたとしても、歌がその人を称えます。
ただ涙は、残された女たち、孤独な女たちの

尽きない涙は、後世の人びとからは
数えられません。そして詩人も
泣き濡れた幾千もの日夜については語らないのです。
（2065–2072）

「男どもの最高の栄誉である暴力とたくらみは／彼女の高貴な魂の真実によって／恥ずかしい思いをさせられる」（2142–2144）。これによりイフィゲーニエは「眼には眼を」「武器には武器を」という殺戮の連鎖を断ち切り、タンタロス一族をその永遠の呪いから解放するのである。ギリシア人とスキタイ人（野蛮な地とされるタウリス島の住民）との間の民族和解や友情を最後に見せて作品は終わる。

イフィゲーニエ［…］
祝福も受けず不承不承では、あなたとお別れできません。
わたしたちを追い払わないでください！　客人として親切な保護を受ける権利は
王からわたしたちにも受け継がれるでしょう。そうなればわたしたちは永久に

離れ離れになることも、別れることもありません。わたしにとって父は
尊くかけがえのない人でした。王さま、あなたも父と同じです。
この思いはわたしの心から消え去ることはありません。
王さまの国民のうちでどんなに身分の低い者であっても
あなたたちの間で聞きなれた
スキタイの声の響きをわたしの耳に運んでくれる人があったなら、
そしてどんなに貧しい者であってもそれがスキタイの衣装だとわかれば
その人を神さまのように迎え入れましょう。
［…］
［…］お元気で！　どうかわたしに
長年の友情の証として王様の右手を差し伸べてください。
トーアス　皆、元気で！

（2152–2174）

世界市民ゲーテの平和の声はここからも聞こえてくる。

## 6　翻訳にあたって

この戯曲を翻訳するきっかけを与えてくれたのは清流劇場の演出家、田中孝弥である。大阪ドイツ文化センター（ゲーテ・インスティトゥート大阪）の開設五十年を記念してこの作品を上演したいと言い、翻訳を頼まれた。この作品は前述のように著名な独文学者の何人かによってすでに翻訳されているが、私が読んでも難解である。ギリシア神話・伝説などの知識に欠ける日本人の読者のために原作にはない説明がつけ加えられていたりして、作品のテンポ、リズムが崩れている部分もある。韻文で書かれたテクストは六、七行に及ぶことも多く、そのまま俳優が演ずることは困難である。翻訳にあたって、すべて二、三行で句点が来るように、行の配列を変えるなどの工夫をした。こうして大先輩の訳業に敬意を表し、参照させていただきながら、まったく新しい訳が完成した。読むドラマから上演するドラマへの転換が図られたと言ってもいい。なお、上演は二〇一四年十月に大阪のインディペンデントシアター2ndで行われる。

最後に、いつものようにとても素敵な本に仕上げてくれた松本工房の松本久木氏、この本を作るために献身的な努力をしてくれた編集の小野紗也香さんに、この場を借りて深い感謝を捧げたい。

※解題におけるゲーテの引用はすべて筆者訳である。

# 改訂にあたって

本書は私の個人訳によるドイツ語圏演劇翻訳シリーズの第一巻として二〇一四年十月に刊行された。当初は研究書的な意味合いが強く、ゲーテがブレヒトをはじめとする二十世紀演劇にどのような影響を及ぼしているのかを探るなかで生まれた。できるだけ多くの人にドイツ文学・演劇の良さ、面白さを知ってもらい、日本中にドイツ文学を広めたいという願いが出発点にあった。射程は二つあった。1. 翻訳を上演と結びつけ、劇場でドイツ演劇を楽しんでもらう。2. 読者層を広げ、ドイツ文学の愛好者を増やし、合わせて研究者を育てる。こうした目的を満たすために、シリーズは日本語とドイツ語（原文テクスト）を見開きで並べ、対訳形式にして読んでもらうという、新しい形式をとることになった。ドイツの作家が多くの時間と労力を費やし、作りあげた韻文テクストの多くが、日本では散文として出版されているという現状を打ち破るためにも、必ず行分けをして、テンポとキレのある翻訳に仕上げたいと常に願ってきた。そのため行番号も入れ、二言語を対照しながら読めるようになっている。

新しい試みのもとに刊行された第一巻は、ドイツ語学習者や研究者のみならず、演劇好きや海外文学に興味を持つ人など、さまざまな方面から大きな反響を得た。そうしてますます多くの人に手軽に読んでもらいたいという思いが強くなり、B5変型判という大きな判型で出された創刊号に対して、第二巻以降はペーパーバックとして出版することになった。第四巻まで刊行は順調に進み、松本久木の優れたデザインもあり、少しずつこのシリーズが知られるようになった。今ではドイツ演劇が日本語で手軽に読めるということで、ふつうの文庫本・新書本の感覚で多くの読者が戯曲を楽しんでくれている。読者層は確実に広がっており、当初の願いは実現されつつある。そのことから、第一巻も版型をそろえようということになり、本書の刊行に至った。

改訂にあたっては、再度翻訳を入念にチェックし、必要な修正を施した。また人名・地名などの固有名詞は、ゲーテの創作である本作の登場人物についてはドイツ語読みの表記（例えばオレステスではなくオレスト）を、それ以外についてはもっとも一般的と思われる表記にした。

独和辞典、『広辞苑』や『大辞泉』などの国語大辞典、『ブリタニカ国際大百科事典』などの各種百科事典、『ギリシア悲劇全集』(岩波書店、ちくま文庫)、ギリシア悲劇の研究書・新書などを参照した。その結果、ツォイスではなくゼウス、エギストではなくアイギストス、のように表記している。なおクリュタイメストラ／クリュタイムネストラだけは両方の表記があり、決定が困難だったが、ギリシア悲劇の全集・研究書の表記(クリュタイメーストラー)から音引きを取ったクリュタイメストラとした。

今回も創刊時と同じく松本久木氏が装丁・組版を、小野紗也香さんが編集を担当してくれた。お二人の献身的な仕事に改めて心からの感謝を捧げたい。

二〇一七年一月一日　大阪にて

市川　明

本書は市川明によるドイツ語圏演劇翻訳シリーズ
「AKIRA ICHIKAWA COLLECTION」（全20巻）の第1巻である。

【既刊】

第1巻（本書）
『タウリス島のイフィゲーニエ』
ヨハン・ヴォルフガング・フォン・ゲーテ 作

第2巻
『こわれがめ 喜劇』
ハインリヒ・フォン・クライスト 作

第3巻
『賢者ナータン 五幕の劇詩』
ゴットホルト・エフライム・レッシング 作

第4巻
『アルトゥロ・ウイの興隆』
ベルトルト・ブレヒト 作

（全て小社刊）

大阪ドイツ文化センターは本書の翻訳を後援しています。
Diese Übersetzung wird gefördert vom Goethe-Institut Osaka.

GOETHE INSTITUT

市川 明（いちかわ・あきら）
大阪大学名誉教授。1948年大阪府豊中市生まれ。大阪外国語大学（現・大阪大学）外国語学研究科修士課程修了。1988年大阪外国語大学外国語学部助教授。1996年同大学教授。2007–2013年大阪大学文学研究科教授。専門はドイツ文学・演劇。ブレヒト、ハイナー・ミュラーを中心にドイツ現代演劇を研究。「ブレヒトと音楽」全4巻のうち『ブレヒト 詩とソング』『ブレヒト 音楽と舞台』『ブレヒト テクストと音楽――上演台本集』（いずれも花伝社）を既に刊行。近著に *Verfremdungen*（共著 Rombach Verlag, 2013年）、『ワーグナーを旅する――革命と陶酔の彼方へ』（編著、松本工房、2013年）など。近訳に『デュレンマット戯曲集 第2巻、第3巻』（共訳、鳥影社、2013年、2015年）など。多くのドイツ演劇を翻訳し、関西で上演し続けている。

AKIRA ICHIKAWA COLLECTION NO.1

タウリス島のイフィゲーニエ

2017年1月31日　第1版 第1刷

作：ヨハン・ヴォルフガング・フォン・ゲーテ
訳：市川 明

編集：小野紗也香
発行者／装丁／組版：松本久木

発行所：松本工房
〒534-0026 大阪市都島区網島町12-11 雅叙園ハイツ1010号室
電話：06-6356-7701／ファックス：06-6356-7702
http://matsumotokobo.com

印刷／製本：シナノ書籍印刷株式会社



Printed in Japan
ISBN978-4-944055-87-6 C0074